中公文庫

戦国無常　首獲り

伊東　潤

JN009855

中央公論新社

目次

戦国無常　首獲り

頼まれ首

一

天文《てんぶん》十五年四月二十日、河越砂久保《かわごえすなくぼ》で扇谷上杉《おうぎがやつうえすぎ》勢を破った小田原北条《おだわらほうじょう》勢は、敗走する敵を上戸《うわど》まで追撃し、入間川《いるまがわ》南岸に陣を布いた。

戦《いくさ》は、前夜の夜討ちが成功した北条方の一方的な勝利に終わり、武者たちの関心は、いかに多くの首を挙げるかに移っていた。

すでに敵勢の大半は入間川北岸に逃げ散っていたが、逃げ遅れた者や手負いの者が、いまだ対岸の葦原《あしはら》に隠れている可能性が高く、武者たちは逸っていた。

しかし、敵は木橋を落とし、舟という舟を流してしまったらしく、入間川を泳ぎ渡るほか、北岸に至る術《すべ》はなかった。

泳術に長けた者や、若くて体力のある者は、入間川を泳ぎきり、背丈ほどもある葦の間に消えていった。

ところが流れは見た目以上に速く、泳ぎ渡るのは容易でなさそうだった。

深みにはまった者は、手足をばたつかせながら、あっという間に下流に流されていく。その様を見て大半の者はたじろぎ、為す術もなく河畔《かはん》で成り行きを見守るしかなかった。

一方、触役《ふれやく》は「舟橋を架けておるので、しばし待て」と触れ回っているが、上流で行われている架橋作業は遅々として進んでいないように見受けられた。むろん、舟橋が架けられてから対岸に渡っても、残された獲物はわずかである。

それらの様をじっと見ていた神谷掃部介《かみやかもんのすけ》は、意を決したように兜《かぶと》を背に括《くく》り付けると、流れに足を踏み入れた。

けっして若くもなく、泳術に長けているわけでもない掃部介にとって、それは大きな賭けだった。しかし若くないからこそ、この先、功名を挙げる機会がそう多くないことを、掃部介はよく知っていた。

羨望《せんぼう》とも嘲《あざけ》りともつかない視線を背に感じながら、掃部介は一歩ずつ、前に進んだ。しかし、誰も掃部介を押しとどめたりはしなかった。それは「功を挙げる機会を奪うことは、親にもできない」という鎌倉時代以来の坂東武者の仕来りからすれば、当然であった。

流れに腰まで浸かった時、その力強さに掃部介は圧倒された。その場に踏みとどまることとさえ容易ではなく、掃部介は思わず手をついてしまった。

背後から、はっきりと嘲笑《ちょうしょう》が聞こえた。

掃部介は心底、後悔した。

しかし今更戻っても、見物人から、さらなる嘲りを受けるだけである。

掃部介は、「ままよ」とばかりに眼前の深みに身を躍らせた。


かなり下流に流されつつも、ようやく川を泳ぎ渡った掃部介は、対岸の葦にしがみついた。

味方の多くは上流に泳ぎ着いたらしく、周囲には、敵どころか味方の気配さえない。

肩で息をしつつ、掃部介はしばし休息を取った。

すでに齢《よわい》四十を数える掃部介は、ここ三年ばかり雑兵首《ぞうひょうくび》一つ挙げられず、体力の衰えを痛感していた。このままいけば老いさらばえるばかりで、これまで以上に敵の首を獲ることは困難となる。

自嘲的な笑みを片頰に浮かべた掃部介であったが、一瞬後には、それを打ち消すかのように勢いよく立ち上がった。

その時、何処《いずこ》からか、喚き声と刃《やいば》のぶつかり合う音が風に乗って流れてきた。誰かが敵を見つけ、斬り合っているらしい。

功を挙げられるかも知れないという期待から、動悸《どうき》が早鐘《はやがね》のように胸を打つ。音のする方に向かおうと、闇雲に葦をかき分けて進んだ掃部介であったが、いつまで経っても、敵にも味方にも出遭えなかった。彼らも動きながら斬り合っているらしく、その声と音は遠ざかったり近づいたりした。

周囲に静寂が戻り、諦めかけた時、突然、葦の林が途切れ、眼前に空間が広がった。

次の瞬間、掃部介の目に入ったのは、泥土の上に横たわる一人の武者だった。その全身は血にまみれ、顔も定かではなかったが、三鱗《みつうろこ》の背旗から味方とだけはわかった。

「大丈夫か」

すかさず駆け寄った掃部介が、その武者の半身を抱え起こすと、武者は力なく目を開け、掃部介の幼名を呟いた。

「源四郎《げんしろう》か」

「猪助《いのすけ》ではないか！」

血まみれになって横たわる男は、幼馴染の仁田《にった》猪助だった。

「猪助しっかりせい」

掃部介は渡河の折、少し先を泳ぐ武者が下流に流されていったのを思い出した。掃部介自身、必死に泳いでいる最中でもあり、助けるどころではなかったが、それが猪助とは、思いもよらなかった。

「猪助、傷を見せろ」

脇の下を斬られたらしく、猪助の胴から草摺《くさずり》には、べっとりと血糊《ちのり》が付いていた。頭部にも裂傷を負っているらしく、その顔は判別し難いほど血に染まっている。しかもその中には、白い脳漿《のうしょう》も混じっていた。

――これは駄目だ。

脳漿が流れ出しているということは、脳に何がしかの損傷を負ったことを意味しており、そうした者が助かった例《ためし》はない。

いずれにしても傷をあらためようと、頭部を触った掃部介の指が、頭蓋《ずがい》の中にずぶりと入った。

「す、すまぬ」と思わず口にした掃部介に、「気にするな。わしはもう駄目だ」と、力なく猪助が応じた。

掃部介は猪助の気持ちを鼓舞し、生きる希望を持たせねばならぬと思った。

「これくらいの傷で、情けないことを申すな」

しかし猪助は、別のことを考えているかのごとく口惜しげに呟いた。

「溺れそうになり、兜を捨てたのが不覚だった」

兜を捨て、ようやく川を渡り切った直後に、猪助は敵と出遭ったらしかった。

「泳ぎ着き、ほっとしているところを、突然、斬り掛かられたのだな」

「うむ、これほど下流に敵はおらぬと、思い込んだのがいけなかった」

一つ間違えば、己の身に降りかかってもおかしくないはずの不幸が、猪助の身に起こったことを、掃部介は知った。

「それで、其奴《そやつ》はどこにおる」

猪助が視線で示す葦の辺りをかき分けると、敵が斃《たお》れていた。

「おぬしが討ち取ったのか」

眉間に皺を寄せ、苦しげにうなずく猪助の面には、すでに死相が表れていた。

それを気の毒に思いつつも、掃部介の関心は敵の遺骸に向けられていた。

よほど激しい戦闘だったらしく、敵の体も血と泥にまみれていた。その体に付いた泥を払うと、見目も鮮やかな陣羽織の刺繍《ししゅう》が目に飛び込んできた。

「猪助、これは随分の者ぞ」

「随分の者」とは身分の高い武者の意である。

「たいした手柄だったのにな」

掃部介は軽い嫉妬《しっと》を覚えた。

「もういいのだ。おぬしに出会えたのは、わしの運が尽きていない証拠だ。敵がこの将を探しに来る前に、この首を持ち帰り、首実検に供してくれ。さすれば、わが子の弥八郎《やはちろう》に何がしかの恩賞が下る」

「わかった。それは引き受けよう。だが諦めるな」

「わしのことは構うな。それより首を――」

猪助が苦しげに呻いた。

傷の手当てをしながら、掃部介は懸命に語りかけたが、猪助の意識は次第に遠のいていった。

呆れるほど長い初夏の日も次第に勢いを弱め、すでに周囲を朱に染めていた。空を覆うほどいる鴉《からす》たちは、かまびすしい鳴き声を上げながら、饗宴《きょうえん》の開始を今や遅しと待っている。

手当てを終えた時、猪助は完全に意識を失っていた。

立ち上がった掃部介は、しばし茫然として猪助を見つめていたが、思い立ったように猪助を抱き上げると、葦をかき分け、堰堤《えんてい》の上に横たえた。

掃部介は、泥土の中に猪助を放置しておくことに耐えられなかったのだ。

――猪助、無念であろうが成仏せいよ。

最後に生絹《すずし》の手巾《しゅきん》で猪助の顔をぬぐった掃部介は、遺髪をその息子に渡そうと思い、髻《もとどり》に手を掛けた。

その時、猪助が大きく呻いた。

掃部介は、すんでのところで思いとどまった。しかし武家の習いとして、救う術がない者に止めを刺さないわけにはいかない。

震える手で脇差を抜いた掃部介は、自らを叱咤しつつ、刃を猪助の首筋に当てた。

しかし、そこまでが精一杯だった。

しばし逡巡した後、脇差を鞘《さや》に収めた掃部介は、猪助が討ち取った敵の許《もと》に戻り、その首を掻き切った。

すでに日は西に傾き、手元さえ定かではなかったが、敵の陣羽織の錦糸の刺繡は、わずかな夕日にさえ反射し、夜目にも眩しいほどであった。

掻き切った首を腰に提げた掃部介は、後ろ髪を引かれるような思いを抱きつつ、上流を目指し、とぼとぼと歩いていった。

二

運よく対岸に戻る小舟に乗り込むことができた掃部介は、亥《い》の上刻（午後九時頃）、味方陣に帰り着いた。

続々と引き上げてくる北条方の将兵により、河原はごった返していた。

兵たちは、それぞれの獲った首を大篝火《おおかがりび》に掲げて見せ合い、何ごとか談笑している。槍を手にし、敵を討ち取った折の状況を自慢げに再現している者さえいる。

すでに首実検も始まっているらしく、河原に張り巡らされた陣幕内からは、首注文（戦功記録）を読み上げる検使役人の高らかな声が聞こえていた。

「おい、掃部介」

「こ、これは松田《まつだ》様」

猪助の息子を探そうと周囲を見回す掃部介の許に、寄親《よりおや》の松田盛秀《もりひで》が近づいてきた。

「おっ、珍しく首を挙げたか」

「いや、これは――」

掃部介の返答を待たず、盛秀は鎧通（小刀）を取り出すと、掃部介の腰から首を切り離した。そして、近習《きんじゅ》に眼で合図し、松明《たいまつ》や火串《ほぐし》を持ってこさせた。

火串とは、川面《かわも》を照らす「舟かがり」のことである。

近習が血糊のべっとりと付いたその髪をかき分けると、若々しい顔が現れた。

「ほほう、これは小姓首だな。道理で掃部介でも獲れたわけだ」

その言葉に近習たちがどっと沸いた。

「いや、この首は――」

掃部介が言いかけた時だった。

「おい、待てよ」

盛秀の顔色が変わった。

「すぐに首を洗え！」

盛秀の常ならぬ声に、背後に控えていた近習たちが慌てて水桶を持ち、河畔に走った。

「松田様、実はこの首は――」

掃部介が真実を告げようとした時、盛秀の許に水桶が運ばれてきた。

「よし、水をかけろ」

盛秀の下知に従い、近習たちは次々と首に水をかけた。

次第に首の顔がはっきりとしてきた。

片膝をついて首を凝視していた盛秀が、突如、「あっ」と叫んで跳び下がった。続いてその赤ら顔が、みるみる驚愕から歓喜に変わっていく。

「こ、これは、敵の大将、上杉修理大夫朝定《しゅりのだいぶともさだ》殿ではないか。以前、わしは使者としてお目通りしたことがあるので、よう知っておる」

――えっ！

掃部介は唖然とし、言葉もなかった。

「でかしたぞ、掃部介」

掃部介の肩を叩いた盛秀は、首を高々と掲げると、対岸にまで聞こえるほどの大音声《だいおんじょう》を発した。

「敵大将上杉修理大夫殿、神谷掃部介が討ち取ったり！」

その声に吸い寄せられるように、暗がりから、わらわらと人が集まってきた。

人々は口々に掃部介を称え、その肩を叩いて祝福した。

やがて、この騒ぎを聞きつけた上級武士たちも、陣幕内から次々と飛び出してきた。

最後に現れたのは、多くの供回りを引き連れた総大将の北条氏康《うじやす》だった。

「いかがいたした」

氏康の傍らに立つ僧形の武者が松田盛秀に問うた。

「幻庵《げんあん》様、わが寄子の神谷掃部介が、上杉修理大夫殿の首を挙げました」

氏康とその叔父である北条幻庵の前に拝跪《はいき》した盛秀が、誇らしげに首を差し出した。

周囲の者たちも拝跪したので、掃部介も慌ててそれに倣った。

幻庵に促された軍監が、盛秀の近習から松明を奪うと首に近づけた。

咳《しわぶ》き一つ聞こえない緊迫した時が流れた。

氏康にゆっくりと向き直った軍監は、顔色一つ変えずに言った。

「上杉修理大夫殿に相違なし」

周囲から怒濤《どとう》のような歓声が湧いた。やがて歓声は勝鬨《かちどき》へと変わっていった。

しばらくその様子を眺めていた幻庵は、氏康に近づき、何ごとか耳打ちした。

氏康は大きくうなずくと、すでに脚付きの折敷《おしき》に載せられた首の前に進み出で、経を唱えた。

周囲もそれに倣った。

やがてそれも終わり、氏康が掃部介に向き直った。

「神谷掃部介、見事な働きであった。まずは脇差を取らそう」

「もったいなきお言葉」と言いつつ、松田盛秀は平伏したが、掃部介はただ茫然としていた。

「おい」

盛秀は掃部介を肘でつつき、氏康が差し出す脇差を受けるよう促した。

掃部介はおずおずと手を差し伸べ、その脇差を受け取った。

その瞬間、歓声は頂点に達した。

三

真実を言えぬままに首実検は終わり、掃部介は担がれるようにして酒宴の場に連れていかれた。

氏康の傍らに座らされた掃部介は、氏康から戦功を称えられ、幾度も盃《さかずき》を受けた。

重臣たちも口々に賞賛の言葉を述べ、次々と掃部介の盃を満たした。

そのうち酔いも回り、度胸も据わってきた。

——今更、後には引けぬ。

氏康に問われるままに、掃部介はありもしない斬り合いの話を捏造《ねつぞう》した。話を始めると、不思議と言葉が口をついて出てきた。その真に迫る話に、並み居る重臣たちは息をのみ、話が終わると、地を揺るがすほどの歓声で掃部介を称えた。

——掃部介、士道にあるまじきことぞ。

良心がそう咎めると、

——何のことはない。このまま手柄をいただいてしまえ。

と悪心が囁いた。

——どの道、猪助は助からぬ。それならば、この功名をいただいても構わぬはずだ。

悪心が良心を圧倒し始めた。

——たとえ大功を挙げようと、本人が死んでしまえば、息子や係累に与えられる恩賞はわずかなものだ。同等のものを与えてしまえば、実力本位で成り立っている武家社会の秩序が崩れてしまうからだ。それゆえ、戦場《いくさば》で斃れている味方の腰から首を奪うなど、常のことではないか。

掃部介は次々と満たされる盃を呷り、酔いに任せて良心の呵責から逃れようとした。

酩酊《めいてい》した掃部介の許に、仁田弥八郎がやってきたのは、深更《しんこう》を過ぎた頃であった。

「掃部介様、おめでとうございます」

「こ、これは弥八郎殿」

掃部介は盃を取り落としそうになるほど驚いた。

「今日は大手柄でございましたな」

「ああ、いや」

「それにひきかえ、わが父は――」

「父上は無念でございましたな」

「えっ」

弥八郎が面食らった顔をした。

「いや、お顔が見えぬようだが、父上はいかがいたした」

「実は——」

弥八郎の話に、掃部介の酔いは次第に醒めていった。

日が沈みかけても陣に戻らぬ猪助を探すべく、傍輩《ほうばい》とその中間《ちゅうげん》小者《こもの》に助勢を頼んだ弥八郎は、入間川北岸に渡った。

ようやく猪助を見つけたのは、すっかり日が暮れた頃だった。

予想していた辺りよりも、はるかに下流であったため、たいそう手間取ったが、なぜか猪助は堰堤の上の河原道に寝かされていたため、月光だけが頼りの闇夜でも、容易に見つけることができた。

それだけでなく、応急処置が施されていたためか、猪助は一命を取り留めていた。気を失ったままの猪助を小舟に乗せた弥八郎らは、つい先ほど、こちらに戻ったばかりだという。

表情を覚《さと》られまいと急に酒を呷ったため、掃部介は激しく咳き込んだ。

後ろに回り、その背を叩きながら弥八郎が続けた。

「父は、いまだ意識が戻っておりませぬが、掃部介様の大手柄を聞けば、きっと己のことのように喜ぶはず。河畔の救護所に父は寝かされておりますので、ぜひとも見舞ってやって下され」

「そ、それで、猪助殿は助かるのか」

「殿の御典医に診ていただいたところ、命に別状はないとのこと。しかし、目覚めるのがいつになるかまでは、わからぬそうです」

弥八郎がさも嬉しそうに言った。

「それはよかった。いや、本当によかった」

村芝居のような白々しい台詞を吐いてしまい、掃部介は慌てたが、弥八郎は何も気づいていないようだった。

「掃部介様に比べ、敵に斬られた上に金瘡《きんそう》の手当てまで施され、真《まこと》に不覚者ではありますが、それがしにとり、たった一人の父でございます。命を取り留めただけでも、神仏に感謝いたしております」

しみじみとそう語った後、弥八郎が念を押した。

「見舞いの件、ぜひともお願いいたしまする」

弥八郎は一礼すると、酒宴の座から去っていった。

次の者が祝辞を述べているのを上の空で聞きつつ、掃部介は、酔いが一気に醒めていくのを感じた。

——たいへんなことになった。

己の愚かさを思い、掃部介は情けなくなった。他人の手柄を盗むのなら、当初からその覚悟で臨むべきであったのだ。しかし今更、何を言っても始まらない。今すべきことは、この場をいかに取り繕うかだけである。

この窮地から脱する手はないかと、掃部介は知恵を絞ったが、妙案は全く浮かばなかった。

今になって真実を白状しようものなら、家中の笑い者になることは間違いなかった。ただでさえ長らく雑兵首一つ挙げられず、松田盛秀たちから蔑まれてきた掃部介である。真実を告げた後のことを思うと、暗澹《あんたん》たる気分になる。

笑い者にされるだけならまだしも、一度でも偽りを口にした者は、武士として扱われない仕来りもあった。前言を翻し、謝罪の言葉を並べたとて、武士としての将来が全く閉ざされるであろうことは、明らかであった。

——やはりこの功名は、わしのものとせねばならぬ。

掃部介は、今まであまた見てきた武士たちの末路を思い起こした。

ある者は、伊勢宗瑞《いせそうずい》こと北条早雲《そううん》と共に西国から関東に下向した家の跡取りだったが、長らく功名を挙げられず、家勢は著しく衰えた。それでも西国に帰ることもできず、下級武士として小田原で老醜《ろうしゅう》を晒している。

またある者は、大きな扶持《ふち》を賜り他国から移ってきた。しかし大言壮語した割には、たいした功名も挙げられず、いつの間にか小田原から消えていた。

手柄を立てられぬ者は忘れ去られ、やがてその家も衰え行くことは、幾多の事例が示していた。

一方、出自《しゅつじ》さえ定かならざる者でも、次々と手柄を立てた者は、異例の出頭を遂げた。その落差の激しさは、さらに武士たちを功名に駆り立てた。

掃部介は勝利者として栄光の人生を歩むか、敗者として惨めな人生を送るかの岐路に、今まさに立たされているのだと感じた。

小用を足すと言って酒宴を抜け出した掃部介は、周囲に人気のないことを確かめると、一人、葦の中に分け入った。

掃部介は、今は亡き父・雅楽頭《うたのかみ》から譲り受けた脇差を抜いてみた。月光を反射し、それは鈍いながらも鬼気迫る光を放っていた。続いて、先ほど氏康から下賜された脇差を抜いてみた。こちらの刃には、若々しい精気が溢れていた。

——わしは父の重荷だけでなく、己の重荷をも背負うて生きねばならぬのか。

川面を渡る生暖かい風が、ため息をつく掃部介の鬢《びん》を嘲るように撫でていった。

四

掃部介の父・雅楽頭は、その若き日、新井城《あらいじょう》攻防戦において、敵の大将・三浦道寸《みうらどうすん》（義同《よしあつ》）を討ち取るという大手柄を立てた。それにより神谷家は、扶持米を給される無足人から、知行地《ちぎょうち》を持つ馬廻衆《うままわりしゅう》に取り立てられた。

それまでの父は、若く野心に燃えていたものの、小柄で非力なため、幾度となく戦場に出ても、雑兵首一つ挙げられなかった。そんな父を見限った寄親の松田頼秀は、父に内務官僚職の一つである申次御番役《もうしつぎごばんやく》に就くよう勧めてきた。

勧めとはいっても体のいい命令である。しかも御番役といえば聞こえはいいが、実際は奏者《そうじゃ》（取次役）にすぎない。

しかし、どうしてもそれを受け入れたくなかった父は、「これが最後」とばかりに頼秀に頼み込み、前線部隊に配置換えしてもらった。

父が家中で出頭するには、次の戦で大功名を挙げる以外に道はなかった。

その戦こそ、三浦一族との最後の戦い、新井城攻防戦である。

三浦半島の南端に押し込めたとはいえ、三浦一族の抵抗は凄まじく、連日の猛攻にもかかわらず、新井城の落ちる気配は、いっこうになかった。武勇に秀でた者たちは次々と討たれ、城の周囲に屍《しかばね》を晒した。

堀という堀に累々と折り重なる味方の屍の中には、父が親しくしていた者も多く交じっていた。傍輩たちの屍を見た父は、「武士は生きてこそのものだ」と、つくづく思ったという。

その後、三浦勢救援にやってきた扇谷上杉勢が粟船《あわふな》（大船《おおふな》）で惨敗し、新井城の救われる道は閉ざされた。これにより、惣懸《そうがか》りの気運が一気に高まった。

決戦の日、遂に大手門が破られた。黒煙が立ち込める中、城内になだれ込んだ北条方将兵は、次々と現れる屈強の敵と組み打っていった。

父はその間を縫い、大将首だけを求めて闇雲に駆けた。やがて父は、黒煙の晴れた隙間に一人たたずむ老将を見つけた。

「敵将だ」と直感した父は、遮二無二打ち掛かった。そして、その老将の槍を叩き落とし、組み伏せた上、首を打った。

幼い頃、掃部介は周囲の人々からこの話を幾度となく聞かされた。しかし父に話をせがんでも、父は渋い顔をして首を横に振るばかりだった。

いつまでも若き日の功名を自慢する武士が多い中、己の功を誇らず、人目を避けるようにうつむいて歩く父が、掃部介には誇らしかった。

そんな父にも、死はめぐってきた。

掃部介がその話を聞いたのは、死の二日前だった。

枕頭《ちんとう》に嫡男の掃部介だけを呼び寄せた父は、「神谷家のため、このことは一切、口外無用」と前置きし、新井城での顚末《てんまつ》を語り始めた。

「一合、二合と槍を合わせてみたが、老将は手強く、とてもわしの敵う相手ではなかった。やがて槍を叩き落とされたわしは、無様に蹴倒され、槍の穂先を首に当てられた。この時、わしは己に過ぎたる功名を狙ったことを心から悔いた。しかし、わしが観念して目をつぶると、首筋のひんやりとした感覚がなくなり、老将の『首を獲れ』という厳《おごそ》かな声が聞こえた。驚いて跳ね起きると、老将はわしに背を向け、数珠《じゅず》を手に誦経《ずきょう》していた。兜を脱いだその白髪が激しく風に舞っていたのを、今でもよく覚えておる。わしは礼を言いつつ、老将の横腹に槍をつけ、その首を掻いたのだ」

その老将こそ、まさしく三浦道寸であった。

父は、敵のおかげで大功名を挙げることができた。

掃部介は大きな衝撃を受けたが、父はすべてから解き放たれたかのように、安らかな顔をしていた。

父は、この話を掃部介以外の誰にもしなかったらしく、葬儀の折、弔問《ちょうもん》に訪れる者は数知れず、中には父の武名にあやかるべく、一本でもいいから遺髪が欲しいという者さえいた。

――傍輩の中に父の苦しみを知る者はいなかった。父は一切を口外せず、後ろめたさをずっと引きずり生きてきた。そして、己の家の繁栄と共に、その重荷をわしに置いていったのだ。

子々孫々のために、父は良心を押し殺した。そして日々、後ろめたさに押しつぶされそうになりながらも、口を閉ざしてきた。しかし最期の時、その重荷から解き放たれることを願い、掃部介に真実を告げたのだ。

掃部介は父に倣うべきだと思った。

――どうせ抱える重荷なら、一つも二つも同じことだ。

掃部介は、何があろうと突き進むほかないという考えに傾いていった。

その時、先ほどから出番を待っていた悪心が囁いた。

――己を恥じ、猪助が切腹したことにすればよいではないか。見舞いに行ったおぬしが、それを見つけるのだ。

――それでは、わしが疑われる。

――あの首は猪助につながらない。つまりおぬしには、猪助を殺す理由がないのだ。それゆえ、おぬしの言葉を疑う者などいないはずだ。

――とは申しても、わしには友を殺すことなどできぬ。

――猪助に意識が戻ってからでは、手遅れになる。それでもよいのか。

掃部介は何かに憑かれたように立ち上がった。

五

猪助が寝かされているという救護所の周囲に人気はなく、みすぼらしい小屋が一つ、闇の中で静まり返っていた。

すでに戦死者は運び去られ、軽傷を負った者の手当ても済んだらしく、小屋の周りには、血痕のついた白布や、持ち主のない壊れた武具が散らばっているだけである。

入口の荒薦《あらむしろ》を引き上げて中に入ると、消えかかった灯明に半顔を照らされ、猪助が横たわっていた。頭には幾重にも晒《さらし》が巻かれ、とても助かりそうには見えなかった。その傍らには、顔に白布を掛けられた者が一人、戸板の上に乗せられている。

――手当てのかいなく死んだのだな。

小屋の唯一の明かり取りである引き落とし窓を閉めた掃部介は、無言で灯明皿に油を注いだ。

「源四郎か」

背後から聞こえた猪助の声に、掃部介の肝が縮み上がった。

「お、おう、わしだ。よくぞ生きて戻ったな」

灯明皿に油を注ぐ手が、ぶるぶると震えた。

「わしは何とか生きておるが、そちらの方は先ほど亡くなられた」

猪助が隣に横たわる武士の方に首を回した。

掃部介は動揺を覚られまいと、猪助を元気づけるように言った。

「武士は生きてこそのものだ。手柄を立てられずとも、生きておればまた機会はある」

「いかにも、な」

猪助が力なく応じた。

背に隠した鎧通に手を伸ばした掃部介は、一歩、二歩と猪助に近づいた。そして猪助の傍らまで来ると、震える右手で鎧通を抜いた。

その時、掃部介の気をそらすかのごとく、猪助が言った。

「先ほど弥八郎から、ことの顚末を聞いた」

掃部介は、息が止まりそうになった。

「わしは、どうやら敵と斬り合った末、負傷したらしいのだ」

「らしいとは、どういうことだ」

半顔をひきつらせ、掃部介が問うた。

「向こう岸で何があったか、皆目、覚えておらぬのだ」

「何――」

「気づくと、ここに寝かされていた」

掃部介は頭を殴られたような衝撃を受けた。

そんな掃部介の様子を一顧だにせず、猪助は淡々と語り始めた。

「弥八郎の話によると、わしは溺れかけながらも、何とか向こう岸に泳ぎ渡った。そこで敵と出遭い、斬り合ったらしい。その挙句、不覚にも、わしは敵に後れを取り、昏倒した。その敵はよほど慈悲深かったらしく、わしにとどめを刺さず、逆に金瘡の手当てを施し、去っていったらしいのだ。真に天晴《あっぱ》れな武者だが、おかげでわしは皆の笑い者よ」

猪助は笑おうとしたが、急に頭痛に襲われたらしく、顔をしかめた。

「つ、つまり、向こう岸であったことを、おぬしは何も覚えておらぬのか」

後ろ手で鎧通を鞘に収めつつ、掃部介が問うた。

「うむ、何も覚えておらん」

猪助が力なく首を振った。

次の瞬間、掃部介の胸内から歓喜が押し寄せてきた。

――わしは友を殺さずに、大功を手にできるのだ。

「それより、おぬしは敵大将を討ち取ったというではないか。弥八郎が己のことのように喜んでおったぞ」

「ああ、うむ」

「確かに、おぬしが大将首を挙げたのだな」

「も、もちろんだ」

「そうか――」

ため息をつきつつ猪助が言った。

「よかったな」

「ああ、よかった。本当によかった」

あまりの嬉しさに、掃部介は、涙が出そうになった。

六

救護所を出た掃部介は浮き立つ心を抑えかねた。

猪助が記憶を失ったことにより、掃部介が手柄を盗んだことは、永遠に闇に葬られた。しかも掃部介は、友を殺さずに済んだのだ。

――親子二代、とんだ重荷を背負い込んでしもうたな。

掃部介は苦笑いを漏らした。

――しかし、わしは父とは違う。残る人生を後ろめたさの中で生きた父は愚かだった。わしは父と己の重荷を糧とし、さらに出頭してみせる。

掃部介の胸内で、野心がゆっくりと頭をもたげてきた時だった。

「待て」

背後の暗がりから、突然、声がかかった。

そこには、数名の従士を従えた軍監の姿があった。その顔は、いつになく厳しい色をたたえている。

続いて、暗がりの中から戸板に乗せられた猪助が現れた。

「こ、これはいかなることで」

引きつった笑みを浮かべ、へつらうように掃部介が問うたが、軍監の顔はさらに険しく強張った。

「神谷掃部介、士道不覚悟！」

「何を申される」

軍監の一喝に、掃部介の心臓は飛び出しそうになった。

「源四郎」

従士の手を借りて上体を起こした猪助が、掃部介を幼名で呼んだ。

「わしは悲しい。おぬしは、友の手柄を盗むような男ではなかった」

掃部介の全身の毛が逆立った。

「わしがこちらに戻ってみると、たいへんな騒ぎになっていた。聞いてみると、おぬしが大功名を挙げたという。わしを助けた後に、敵でも討ったのかと思うていたが、聞けば、わしの預けた首を、己の獲ったものとして首実検に供したというではないか」

「違う！」

掃部介は弁明しようとしたが、口が渇き、次の言葉は出てこなかった。

「わしは弥八郎に顚末を語り、弥八郎が御奉行様（軍監）を連れてきた。しかし御奉行様は、何の証拠もない話を取り上げようがないという」

「そうだ。何を証拠に、おぬしはわしの手柄を奪おうとするのか」

掃部介の言葉など聞こえていないかのごとく、猪助は続けた。

「わしは、御奉行様と一計を案じた」

「何――」

「御奉行様は、おぬしをおびき寄せ、何とか言質《げんち》を取れと申された。しかし、わしはおぬしを信じたかった。わしの前で、おぬしは詫びてくれると信じていた。もし詫びてくれたなら、わしの命を救ってくれた礼に、このことを生涯、黙っていようと思った。わしはすべてをおぬしの手柄とし、あの世まで、この話を持っていこうと思っていたのだ」

猪助が涙をぬぐった。

「わしは弥八郎をおぬしの許に送り、わしが健在であることと、わしの居所を告げさせた。わしが命を取り留めたと聞けば、おぬしは必ず殺しに来ると、御奉行様が申されたからだ。しかし、おぬしの悪事を聞き出せても、わしが殺されては元も子もないとも、御奉行様は申されるのだ」

一息ついた後、猪助が言った。

「そこで、わしは記憶を失うことにした」

「――」

「そして、おぬしはわしの期待を見事に裏切った」

餓鬼《がき》のような面相を引きつらせ、掃部介が一歩、二歩とあとずさった。

「源四郎、これ以上、恥を晒すな。わしは、そんなおぬしを見るのが辛い」

猪助が苦痛に顔を歪めたので、従士たちは再び猪助を横たえた。

――掃部介、何をやっておるのだ。ここで引いてはすべてを失うぞ！

悪心が断末魔の呻きを上げた。

掃部介は、その悪心にすがらざるを得なかった。

「御奉行様、この者は夢を見ているに違いありませぬ。いえ、他人の功名に嫉妬し、乱心いたしたのでありましょう。この話、何の証拠もなく、証人もいないはず」

軍監は首を横に振ると、掃部介を糾弾するかのように言った。

「掃部介、救護所に入ったおぬしは、背に白刃を隠し持っていたではないか」

「何と——」

救護所の灯明皿に油を注いだ後、猪助に気取られぬように、掃部介が、後ろ手に鎧通を持っていたことは確かだった。

しかし、掃部介は唯一の小屋の窓を閉めたのだ。

——わしと猪助のほかに、中には誰もいなかったはず。

反駁しようとする掃部介の足元に何かが投じられた。それを手に取った掃部介の面から、血の気が引いていった。

それは血に染まった白布だった。

軍監が憐れむように言った。

「猪助の隣に横たわる遺骸は、わしだったのだ。わしはこの目で、おぬしが後ろ手に持つ白刃を見た」

　掃部介は本能的にこの場から逃れようと思った。後先のことを考えず、掃部介はただ、この場から逃れたかった。

　数歩あとずさった掃部介が闇の中に飛び込もうとした時だった。闇の中に多くの人々の気配がした。すでに掃部介は取り囲まれていたのだ。

「この恥晒しめ！」

　喚き声がすると、佩刀《はいとう》を抜いた松田盛秀が進み出た。しかし、それを制するように、北条幻庵の厳しい声音が聞こえてきた。

「初代早雲庵宗瑞様建国の砌《みぎり》より、わが家は義を重んじ、義を第一としてきた。それに反する振る舞いをした者がどうなるかは、わかっておろう」

　掃部介が、がっくりと肩を落とした。

「神谷掃部介、この場で切腹を申しつける。ただし、そなたの父の功と猪助の一命を救ったことを認め、知行はそのままとし、家督を息子に取らせる。これは仁田父子のたっての願いでもある」

　自嘲的な笑みを浮かべた掃部介は、肩の荷を下ろしたかのように、その場に座り込み、腹をくつろげた。

思い残すことは何もなかったが、卑怯者の息子として重荷を背負って生きねばならぬ息子が、掃部介には哀れだった。そうした重荷が、第二、第三の悲劇を生むことになると知る者は、掃部介のほかにいるはずもなかった。

「掃部介様、介錯仕ります」

弥八郎の若々しい声が背後から聞こえた。

それに軽く会釈した掃部介は、あっさりと腹に刃を突き立てた。

入間川の川面に生暖かい風が起こり、白髪の混じった掃部介の鬢を優しく撫でていった。

間違い首

一

――こんな戦に命を賭ける馬鹿もおるまい。

敵を追って次々と駆け去る傍輩《ほうばい》たちの背を眺めつつ、三間《さんげん》の長槍を置いた田《た》野倉瀬兵衛《のくらせべえ》は、接近戦用の長さ一間の短槍《たんそう》を手に取ると、ゆっくりと城を出た。

天正《てんしょう》十年七月、小田原北条氏傘下の国人領主・長尾新五郎顕長《ながおしんごろうあきなが》は、本拠である上州館林城《たてばやしじょう》を佐竹義重《さたけよししげ》勢に包囲された。

顕長から援軍要請を受けた北条氏政《うじまさ》は、二万の大軍を率い、すぐさま小田原を発向すると同時に、岩付《いわつき》城主・太田源五郎《おおたげんごろう》率いる岩付衆を館林に急行させた。

太田源五郎とは、岩付太田家に養子入りしている北条氏政の三男・国増丸《くにますまる》のことである。

全国規模で見れば、瑣末《さまつ》な局地戦に過ぎないこの戦いも、両陣営にとっては、東国の覇権をめぐる重要な戦いの一つであった。

ここに至るまでの経緯《いきさつ》は複雑である。

同年六月、武田《たけだ》家を滅ぼした織田信長《おだのぶなが》が本能寺《ほんのうじ》に斃れたことにより、主不在となった甲信の地をめぐり、徳川家康《とくがわいえやす》と北条氏政が激突した。

天正壬午《じんご》の乱である。

両軍は甲斐国若神子《かいのくにわかみこ》で対峙し、東国の盟主の座をめぐって雌雄を決しようとしていた。むろん、双方の調略戦は熾烈《しれつ》を極めた。

家康は織田政権の後継者としての正統性を訴えつつ、信濃《しなの》の依田信蕃《よだのぶしげ》、小笠原貞慶《おがさわらさだよし》、同信嶺《のぶみね》、知久頼氏《ちくよりうじ》、下条頼安《しもじょうよりやす》、甲斐の武田旧臣、武川《むかわ》衆、津金《つがね》衆ら地侍衆の大半を味方につけた。さらに、常陸《ひたち》の佐竹義重ら反北条を旗印に掲げる北関東の国衆とも誼《よしみ》を通じた。

これに対し北条氏政は、信濃の真田昌幸《さなだまさゆき》、木曾義昌《きそよしまさ》、岩尾大井行吉《いわおおおいゆきよし》、伴野信守《とものののぶもり》、諏訪頼忠《すわよりただ》、さらに上野《こうずけ》の由良国繁《ゆらくにしげ》、長尾顕長らと結び、家康に対抗した。

戦火は甲信の地から、東海、関東へと飛び火しつつあった。

とくに、以前から北条氏政と対立していた佐竹義重は、渡りに舟とばかりに家康と結び、北条領に兵を進めてきた。それだけならまだしも、上野国にも領国を持つ真田昌幸が、突如として徳川方に転じたため、北条家にとり安定していた北関東が、一転して危機に陥った。

佐竹義重は、北条家に本拠の岩付城を追われた太田三楽斎《さんらくさい》（道誉《どうよ》）資正《すけまさ》、梶《かじ》原政景《わらまさかげ》父子を先手《さきて》に押し立て、長尾顕長の館林城に迫った。

一方、氏政の命を受けた太田源五郎は、岩付衆を率い、館林城の救援に駆けつけてきた。

夜明けと共に始まった戦いは、城を囲んでいた三楽斎らの側背《そくはい》を突いた北条方が有利に進めた。昼過ぎには、三楽斎勢の一角が崩れ、それを見た北条方は、ここを先途《せんど》と敵の追撃に移った。

城内からこの様子を見ていた長尾顕長は、少しでもこの勝利に貢献した実績を残そうと思い立ち、配下に出撃を命じた。

田野倉瀬兵衛は館林長尾家に長く仕える徒士侍《かちざむらい》であった。

常は槍組足軽の一員として、寄親の統制下に置かれていたが、「討ち取り勝手」の触れが出された今回ばかりは、どこをどう走ろうが自由の身となった。

功名を挙げようとする者たちは城門を飛び出し、勇んで敵を追っていった。

しかし戦場は混乱を極めており、闇雲に駆け入ることは危険極まりないことを、瀬兵衛は知っていた。

城を出た瀬兵衛がしばらく行くと、そこかしこに敵味方の小旗が打ち捨てられ、壊れた武具が散らばっている場所に出た。それらは、味方が敵の反撃に遭って苦戦したことを物語っていた。

泥土にまみれた三鱗の大旗を見つけた瀬兵衛は、皮肉な笑いを浮かべた。

――これでは、どちらが勝ったのかわからぬ。

日は大きく西に傾き、山の端に隠れようとしている。それは仕事を早く済ませろという合図でもあった。

瀬兵衛の足は速まった。

そのまま街道筋をしばらく進んだ瀬兵衛は、一人、皆の走り去った街道から外《そ》れ、沢に向かう脇道に入った。

とたんに蟬《せみ》の声が激しくなり、戦場の喧騒が遠のいていった。

――獲物がおればよいのだが。

主の長尾顕長には徳川も北条もなかった。今回、顕長は情勢有利と見た北条方に与したものの、明日はどうなるかわからない。おそらく、甲信の地で徳川勢が優勢になれば、顕長は躊躇《ちゅうちょ》なく寝返るはずだった。

瀬兵衛は、そんな戦に命を賭けることなどまっぴらだった。しかし、功名を挙げたいという欲心だけはある。

危ない橋を渡らずに、いかに手柄を立てられるかが、唯一、瀬兵衛の関心事であり、その答は水場にあった。

――手負いの敵は、遠くには逃がれられん。せめて喉の渇きを癒すため、水場に向かうものだ。

ようやく沢に着いた瀬兵衛は、周囲の気配を探ったが、鬱蒼《うっそう》とした樹木に囲まれたその沢には、雷雨のような蟬の声が降り注いでいるだけである。

瀬兵衛は川水をすくうと味を確かめた。

――血の味はしていない。ということは、上流に手負いはおらぬはずだ。

瀬兵衛は下流に向かって歩き始めた。

すでに壮年に達する瀬兵衛は、戦場に関する諸事に通じていた。この沢に向かったのも、以前に一度、水場で事切れていた敵兵を見つけた経験を生かしてのものだった。

――日没まであと半刻。急がねばならぬな。

逸る気持ちを抑えつつ、瀬兵衛は五感を研ぎ澄ませた。

夏の日は沈みそうで沈まず、その最後の力を振り絞るかのように、生い茂る熊笹《くまざさ》の影を長く伸ばしていた。

二

小半刻ほど下流に歩いてみたものの、敵の気配は一向になかった。

瀬兵衛の期待が落胆に変わる頃、右手奥の叢林《そうりん》がわずかに揺らいだ。経験に裏打ちされた直感が、それが風の悪戯《いたずら》でないことを告げていた。

何も気づいていないかのごとく歩みを緩めず、その場をやり過ごした瀬兵衛は、しばらく進んでから素早く身を翻し、右手の熊笹の中に身を隠した。

額の汗が目にしみる。

それをゆっくりとぬぐうと、瀬兵衛は短槍を構え、叢林の中の気配を探った。

――いる。

蟬の声もやや衰えてきたため、音を立てないよう熊笹をゆっくりとかき分けつつ、瀬兵衛は歩を速めた。

叢林《そうりん》の中を大きく迂回し、先ほど何者かが動いたと見えた熊笹の背後に回り、耳を澄ませると、熊笹をかき分けるわずかな音が聞こえてきた。

瀬兵衛は音のする方角にゆっくりと向かった。

やがて道が開け、笹をかき分けた跡が現れた。その笹には、血糊がべったりとついている。

――やはり手負いか。

瀬兵衛はにやりとすると、さらに歩みを速めた。

手負いであれば、気づかれても斃せる自信が、瀬兵衛にはあった。

敵は瀬兵衛の気配を察したらしく、歩みを止めたようだ。先ほどまで聞こえていた熊笹をかき分ける音が聞こえなくなった。

瀬兵衛は立ち止まり、なおも敵の気配を探った。

空気が凍りついたかのような緊張が、周囲に張りつめた。

じっと耳を澄ませていると、蟬の声に交じり、荒い息遣いが聞こえてきた。

槍を持ち直した瀬兵衛は、息遣いのする方角に向かって躊躇なく踏み込んだ。

次の瞬間、突然、視界が開けた。

その中央に、敵が茫然と立ち尽くしていた。

全くの逆光で、敵は黒い影となっていた。

「待て！」

瀬兵衛の槍が繰り出された瞬間、敵が叫んだ。しかし、突き出された腕をかいくぐり、瀬兵衛の槍は敵の脾腹《ひばら》に深々と突き刺さった。

「待てと申したのに……」

何ごとか呻きつつ、敵は熊笹の中に身を横たえていった。

すかさず駆け寄った瀬兵衛は、慣れた手つきで止めを刺すと、その顔をあらためた。

——なんだ、小僧か。

討ち取った敵が、いまだ二十歳にも満たぬ若武者と知り、瀬兵衛は落胆した。

しかも、その手に握られているのは、武器ではなく竹筒だった。

死んだ敵の指をこじ開け、竹筒を奪い取った瀬兵衛は、その重さを楽しむかのように弄んだ。

竹筒には、水が満たされているらしく、思いのほか重かった。

――いずれにしても、この者は手負いでなかった。とすると、もう一人、近くに敵が隠れておるはずだ。しかも、この者はすでに水場で渇きを癒したはずだ。にもかかわらず、水を満たした竹筒を大切そうに持っていた。後で己が飲むためであれば、腰に括るはずだ。手に持っていたということは、すぐに使うということだ。つまり、この竹筒を近くにいる手負いの傍輩に届けようとしていたに違いない。

斃した敵の竹筒の水で喉を潤しつつ、瀬兵衛は、この近くに動くことのできぬ敵がいま一人いることに確信を持った。

若武者の首を落とし、慣れた手つきで腰に括り付けた瀬兵衛は、若武者の進もうとしていた方角に向かって、再び歩き出した。

踏みしめられた熊笹の間を、瀬兵衛は用心深く進んだ。

熊笹の葉に付いた血痕の量が多くなった。

――いよいよ近いな。

瀬兵衛の緊張は高まった。

腰に括り付けた首は、無念そうな眼差しを瀬兵衛に向けていた。

何とはなしに、首が「行くな」と言っているような気もしたが、功名の誘惑には勝てず、瀬兵衛はさらに歩を進めた。

すでに日は翳《かげ》り、樹叢《じゅそう》の作る陰影が際立ってきた。時折、川面に反射する残照が瀬兵衛の視覚を射たが、瀬兵衛は些細なものでも見落とすまいと、大きく目を見開き、前に進んだ。

やがて空間が開け、目指すものが現れた。

思った通り、一人の武士が熊笹の上に寝かされていた。

その周囲には、血糊の付いた布切れが散らばっている。

そこに見えるおびただしい量の血から、瀬兵衛は、武士が瀕死の状態にあることを知った。

眠っているように動かない武士に近づいた瀬兵衛は、その鼻と口に手をかざしてみた。

――事切れておる。

武士の死を確かめた瀬兵衛は、念のため頸動脈《けいどうみゃく》を切ってみた。血管から血は噴き出さず、武士は何の反応も示さなかった。

武士の顎を持ち、その顔を夕日に透かしてみると、その面には、すでに死後の斑紋が表れていた。

片手を眼前にかざし、しばし誦経した瀬兵衛は、ためらいもなく武士の首に刃を当てた。

手元が覚束ない中、ようやく作業を終えた瀬兵衛は、傍らに転がる兜に気づいた。前立《まえだて》はなく、錣《しころ》も外れ掛かっていたが、それは、まごうことなき名品であった。

――明珍《みょうちん》か。

その兜は、当代随一の甲冑師《かっちゅうし》・明珍一派の手になるものらしかった。

――もしや、名ある武士かも知れぬ。

期待に胸をふくらませつつ、首を残照にかざしてみたが、それは案に相違し、若々しいものだった。

少し落胆しつつも、瀬兵衛は首と同じように兜をかざし、その頭裏に書いてあるかもしれない持ち主の名を確かめた。

かすかに「道誉」という文字が読めた。

瀬兵衛の目が見開かれた。

道誉といえば、敵の先手大将・太田三楽斎資正のことである。

しかし、太田三楽斎はすでに老人のはずである。それを思い出し、少し気落ちした瀬兵衛であったが、道誉の縁者かも知れぬと思い、気を取り直すように立ち上がった。

――いずれにしても、敵方であることは間違いない。味方首を首実検に供すわけにはまいらぬからな。

二つの首を腰に括り付けると、瀬兵衛は上機嫌で帰途についた。

夕日は、限りなく朱色に近い最後の輝きを関東平野に注いでいた。

三

館林城内は騒然としていた。

勝ち戦にもかかわらず、おびただしい数の怪我人がそこかしこに横たえられ、施療に当たる僧や小者が忙しげに立ち働いている。

怪我人は呻き声を上げつつ、自らの金瘡施療の番を待っているが、中には硬く目を閉ざし、すでに動かない者もいた。

その光景は、とても勝者のものとは思えなかった。

たまたま通りかかった傍輩も負傷したらしく、その頭や腕には、真新しい晒《さらし》がぐるぐると巻かれていた。

「いかがいたした」

「どうもこうもない。勝ちに乗じて敵を追ったはいいが待ち伏せに遭った。われら長尾勢はそれほどの被害でもなかったが、渡良瀬池《わたらせいけ》付近まで仕寄った岩付勢は、泥田に踏み入ったところを佐竹勢に囲まれ、散々な目に遭ったらしい」

「それでは負け戦ではないか」

「いや、館林城を守りきったのだから勝ち戦だと、小田原から来た衆は強弁しておる」

「そういう見方もあるが」

瀬兵衛は苦笑した。

――われら雑兵がどれだけ死のうが、大将が「勝った」と言えば、それで戦は勝ちなのだ。

「合戦は政治だからな」

瀬兵衛の気持ちを見透かしたかのように、傍輩はため息をついた。

「勝ったということは、首実検があるな」

「ああ、本曲輪《ほんぐるわ》に大殿を迎えて盛大にやるそうだ」

北条氏政が到着していることを、瀬兵衛は初めて知った。

「それより、おぬしは首を二つも獲ったのか」

傍輩が羨ましそうな視線を瀬兵衛の提げる首に向けてきたが、瀬兵衛は、すでに別のことを考えていた。

――大殿が首実検に立ち会うとなると、恩賞は相当なものになるぞ。

瀬兵衛は浮き立つ気持ちを抑えかねた。

われに返った時、すでに傍輩は歩み去っていた。首実検の場とは反対方向に向かったことから、傍輩が首を一つも挙げられなかったことがわかった。

――懸命に槍働きをしても、首一つ獲るのは容易でない。しかし頭を使えば、首などいくらでも獲れるのだ。

首一つ獲れなかった傍輩を、瀬兵衛は蔑んだ。

本曲輪で行われる首実検に向かう途中、かなりの数の荷車を引く部隊とすれ違った。その上には、戸板が多く載せられていた。彼らは戦闘の終わった戦場に出向き、動けなくなっている味方の負傷者を収容するのだ。

合戦となれば、いつも見られる光景だったが、今回は、いつになく大掛かりであった。

味方の被害が相当なものであることを、瀬兵衛は知った。

小田原から出向いてきたらしい見慣れぬ顔の侍大将が、血相を変えて配下に下知している。

漏れ聞くところによると、誰かを探しているようだった。

——戦場では、行方知れずはつきものだ。騒いだところでどうにもならぬ。小田原から来た連中の落ち着きのなさを、心中で嘲りつつ、瀬兵衛は本曲輪に向かった。

氏政臨席ということで、首実検の場には、ぴりぴりとした空気が張っていた。先に現れた長尾顕長も、いらいらと床几《しょうぎ》を立ったり座ったりしながら、軽輩や小者に、しきりと何ごとかを命じている。その度に、首桶の位置が変えられたり、床几が片付けられたりした。

瀬兵衛は武将首一つと小姓首一つを首注文に記帳してもらうと、小者に首を託した。首を洗い、化粧を施し、髪を結い直してもらうためである。

ほどなくして、薄く化粧された二つの首が返されてきた。

将とおぼしき首の方は、死後、しばらく経ってから掻き切られたためか、鬱血がひどく、かなり腐敗が進んでいた。化粧を施しても、とても見られたものではない。

瀬兵衛は、首の名がわからぬまま首実検が終わってしまうという一抹の不安を抱いていたが、一方で、兜の内に書かれた道誉という名から、必ず首の名を手繰《たぐ》れるという確信も持っていた。

瀬兵衛のたたずむ場所から陣幕内は見えなかったが、遅れていた氏政一行も、ようやく着座したらしく、首実検を始める声が聞こえてきた。

陣幕内は水を打ったように静まり、検使役人の読み上げる首注文の名が、高らかに響き渡った。

瀬兵衛は、己の名が呼ばれるのを陣幕の外で待った。

首を獲った者たちは、自分の番になるまで、濁酒《どぶろく》などを振る舞われながら陣幕の外で待たされる。

日はとっぷりと暮れていたが、おびただしい数の大篝火が焚かれ、本曲輪は昼のように明るかった。

何とはなしに篝火を見ていると、榾《ほた》がはじけ、その火花を羽に見舞われた蛾《が》が、炎の塊となって瀬兵衛の足元に落ちてきた。

――哀れなものだな。

死の危険と隣り合わせでも、篝火に近づかねばならない習性を持つ蛾が、瀬兵衛には哀れだった。

――われらとて、何ら変わらぬが。

欠けた茶碗に濁酒を入れてもらった瀬兵衛は、仲間たちが談笑する輪に加わった。

「そいつは、たいへんなことになったな」

濁酒を一気に飲み干し、人心地が付いた瀬兵衛の耳に、傍輩の言葉が飛び込んできた。

「それほどの戦であったのか」

「うむ、聞くところによると、国増丸様でさえ槍を取るという修羅場であったらしい」

「その後、国増丸様の行方は杳《よう》として知れぬというのだな」

「ああ、前後左右の敵を打ち払い、何とかその場からは脱したらしいが、馬廻ともはぐれたらしい」

「しかし岩付の衆は、三々五々、戻ってきているというではないか。国増丸様は、夜まで待って戻ろうとしておるのではないか」

「おそらくな」

瀬兵衛は、陣内が混乱している理由《わけ》を知った。

岩付衆を率いる国増丸こと太田源五郎が、いまだ戻っていないらしいのだ。

「田野倉瀬兵衛」

ようやく瀬兵衛の名が呼ばれた。

――うまくすれば、背旗衆になれるやも知れぬ。

背旗衆とは百貫取りの馬上侍のことである。

すでに瀬兵衛は、輝かしい己の将来に思いを馳せていた。

脚付きの折敷の上に載せた首を小者に託した瀬兵衛は、堂々とした態度で首実検の場に向かった。

四

「田野倉瀬兵衛、武者首一つと徒士首一つ！」

検使役人が首注文を読み上げた。

将とおぼしき首の両耳に親指を差し込み、小指で折敷を支えつつ前に進み出た瀬兵衛は、作法通り、まず首の右横顔を氏政らに見せた。

それが済むと、大将役の長尾顕長が進み出て、左手に弓を持ち、右手に扇をかざし、勝鬨を三度上げた。

「えいえい！」

「おう！」

武者たる者すべてに、喜びが迫る瞬間である。

「双方とも仏眼《ほとけめ》ゆえ吉！」

続いて、軍配者が首の吉凶を占った。

「大殿、この瀬兵衛は、わが股肱《ここう》の臣の中でも勇猛さ比類なき者にございます。合戦に後れを取ったことなく、戦場では常に先頭を駆けます」

氏政の傍らに侍った顕長が、媚びるように言葉を並べたが、氏政は上の空のような顔をしている。

顕長の大言壮語癖を思い出した瀬兵衛は、内心、苦笑したが、むろん悪い気はしなかった。

「ところで瀬兵衛、いかにしてこの二名を討ち取ったのだ」

誇らしげに顕長が問うてきた。

「はっ、実は——」

瀬兵衛は、戻る途中、ずっと考えてきた話をした。

それは、二名の敵と同時に渡り合い、見事、二名とも仕留めたという勇壮この上ないものだった。よもや、水場で死んでいた敵将の首を獲ったとは思わぬ重臣たちは、瀬兵衛の話を信じ、感嘆のため息を漏らした。

「瀬兵衛、天晴れな働きであった！」

顕長の声が城内に轟いた。

「それで、その首は誰のものか」

これまで黙っていた氏政が、この時になって初めて口を開いた。

「不明とのこと」

傍らに控えていた軍監はそう答えると、縄掛けされ、荒蓆の上に座らされている敵の生虜《せいりょ》に顔を向けた。

その意を察した小者の一人が、如才なく立ち上がり、足軽頭らしき生虜の背縄を取った。

　小者に背縄を引かれ、立ち上がらされた生虜が、首の前まで引き出されてきた。生虜は小者に膝裏を蹴られ、無理に跪《ひざまず》かされた。

　不服そうな顔をしながらも、生虜はじっと首を見つめた。

「このような者は存ぜぬ」

　生虜が髷《まげ》の外れた頭を横に振った。

「偽りを申すな！」

　焦れたように立ち上がった顕長は、小者から手燭《てしょく》を奪うと、首に近づけた。

「そんなわけがあるまい。この首は、おぬしの傍輩に違いなかろう」

「知らぬものは知らぬ」

　敵愾心をあらわにした生虜を、顕長が蹴倒した。

「大殿、明日までに、この首の名を突き止めまする」

「うむ」

　氏政がうなずいた時だった。

「お待ち下され。この将の兜には――」

ここぞとばかりに、瀬兵衛が口を開いた。

首実検の場で、首の名がわかるか否かは、首を獲った者にとっては大問題であった。それで恩賞の多寡が決まるからである。恩賞とは味方を鼓舞するためにあり、その場の雰囲気で何倍にもなる。後で敵の大将だとわかっても、首実検の場でわかった時ほどの恩賞にありつけないのが常であった。

それゆえ瀬兵衛は、何としても、この場で獲った首の名を知りたかった。

「その兜の頭裏には、確か道誉と記してありました」

「何と！」

氏政が身を乗り出した。

陣内が騒然となった。

何事か囁き合っている者や、慌てて立ち上がり、陣幕の外に走り去る者さえいる。

皆の慌てふためく様を横目で見つつ、瀬兵衛は得意満面として言った。

「お静まり下され。むろん太田三楽斎様でないことは、それがしも承知の上。かのお方はすでに年老いておりますゆえ、この首は、おそらくその縁者のものかと――」

瀬兵衛が最後まで言い終わらぬうちに、氏政が首の方にふらふらと近寄ってきた。

それを押し止めようとする左右の手を振り払った氏政は、首の前に跪いた。

瀬兵衛の面に浮かんだ笑いが、そのまま凍りついた。

「ああ……」と嗚咽《おえつ》を漏らしつつ、氏政はその首をかき抱いた。

――まさか。

瀬兵衛の背筋に悪寒《おかん》が走った。

「源五郎……」

その瞬間、瀬兵衛は、すべてが終わったことを覚った。

太田源五郎とは、太田氏資《おおたうじすけ》が上総国三船台《みふねだい》で討死にした後、岩付太田家に養子入りした氏政の三男のことである。

その息子たちの中でも、氏政はとくに源五郎をかわいがった。かつて、越後上杉家に養子入りが決まった源五郎を、父氏康に頼み入り、手許に残してきたほどである。

源五郎は勇猛果敢な若武者に成長し、今年三月の甲州征伐において、駿河《するが》戦線を受け持ち、周囲を瞠目《どうもく》させる活躍を示したばかりであった。

しかし、これからという時、その命運は尽きた。

太田源五郎、享年十九歳——。

甲州征伐で戦場を駆け回っていたのは、わずか四月ほど前のことだった。

明珍作の兜は、三楽斎道誉から嫡男氏資に譲られたものを、氏資の死により、源五郎が受け継いだものであった。

内外には源五郎病死と発表され、その死の真相は闇に葬られた。まさか氏政の息子が、味方に討ち取られたと公表するわけにはいかなかったからである。

この源五郎の死を境に、天正壬午の乱は呆気ない幕切れを迎えた。北条家の士気は著しく低下し、甲斐黒駒《くろこま》や同郡内で徳川勢の前に敗退を続け、圧倒的に不利な条件下で、和睦《わぼく》を締結することになる。

これ以後、氏政自身もそれまでの覇気を失い、北条家は衰亡に向かってひた走ることになる。

要らぬ首

一

永禄《えいろく》八年三月、簗田晴助《やなだはるすけ》・持助《もちすけ》父子を、その本拠・関宿城《せきやどじょう》に追い込んだ北条氏康は、翌朝早暁《そうぎょう》を期して惣懸《そうが》かりと決め、前夜、配下の者たちに戦支度を命じた。

氏康馬廻衆の植草新三郎《うえくさしんざぶろう》は、勇躍して陣所に戻ると、従者の源助《げんすけ》に告げた。

「源助、喜べ、また功名を挙げる機会が訪《おとの》うたぞ」

槍の穂先を研ぎ上げることを源助に命じた新三郎は、頭から蓆《むしろ》をかぶって横になった。

源助が穂先を研いで戻ると、すでに新三郎の寝息が聞こえていた。そして、それが鼾《いびき》に変わるまで、さしたる時を要さなかった。

――旦那様の肝は誰よりも太い。

若いながらも豪胆な主に、今更ながら源助は感心した。

植草新三郎は、「北条家一の太肝《たいかん》」と呼ばれるほど、勇猛な武者だった。戦となれば真っ先に敵陣に駆け込み、呆気にとられる敵を次々と薙ぎ倒すその戦いぶりは、味方だけでなく敵をも唸らせるものだった。

もちろん年寄りの中には、「ああした者は、いつか討たれる」と、その将来を危ぶむ者もいたが、幾度《いくたび》、合戦に出ても、なぜか新三郎は、かすり傷一つ負わないのだ。

戦場から涼しい顔をして戻る新三郎を、傍輩たちは驚きと羨望の目で迎えたが、そんな時、新三郎は「摩利支天《まりしてん》の御加護ある限り、わしは討たれん」と、うそぶくのが常だった。

新三郎の摩利支天に対する信仰は、なみなみならぬものがあった。唐木《からき》で作った厨子《ずし》を戦場まで携行し、朝夕の祈禱《きとう》を欠かさず、摩利支天の図柄が描かれた御札を何枚も襟元《えりもと》に縫い込み、兜の頭裏にも貼り付けているほどだった。

新三郎の武名は小田原のみならず関東一円にまで鳴り響き、若武者たちの憧れの的となっていた。むろん、武辺者好みの主・北条氏康は、新三郎を大いに気に入り、加増の上、自らの馬廻衆に加えた。

従者の源助は、新三郎の初陣の頃から常にその傍らを走ってきた。歳も離れ、身分も違っていたが、二人は妙にうまが合った。

源助は新三郎の信仰のよき理解者でもあり、その迷信や験《げん》をかついだ突飛な要求にも、常に応えてきた。

新三郎が戦場で吉凶の方位を問えば、源助は「甲乙《きのえきのと》の日は、巳《み》（南南東）が吉、未《ひつじ》（南南西）が不吉」などと、即答するまでになっていた。

「まるで陰陽師《おんみょうじ》だな」と、源助は自嘲したものだった。


明日の出撃に備え、北条家の陣所は慌ただしい空気に包まれていた。そうした喧騒をよそに、新三郎は依然、大鼾をかいていた。

――この分なら、明日も手柄を立てなさるに違いない。

研ぎ終わった穂先の光沢を確かめた源助は、灯明皿の火を吹き消し、蒂を新三郎の襟元まで引き上げてやった。

乳白色の朝霧が足元に漂い始める頃、わらび、ぜんまい、あけびなど、朝餉《あさげ》に使うための山菜を盛った笊《ざる》を手にした源助は、新三郎の陣所に駆けつけた。

いつもは源助に起こされる新三郎が、その日ばかりは珍しく起きていた。

「今朝は、いつになくお早いようで」

「ああ、夢に起こされた」

「いかな夢で」

手早く朝餉の支度をしながら、源助が問うた。

「摩利支天が現れ、今日の日没までに獲る首は三つまでにせよ、と申すのだ」

「ははあ」

「首を四つ獲れば、よくないことが起こるという」

「五つではいかがでしょう」

「首を五つ獲るのは容易でない。やはり、今日は三つとしておく」

新三郎は大きく伸びをすると、出陣の支度を始めた。

「それは、よきご思案かも知れませぬな」

鎧の着付けを手伝いつつ、源助は上の空で答えた。

武具の支度を調え、食膳を運んだ源助は、急ぎ足で厩に向かった。

源助が戸口から振り向くと、新三郎は立ったまま、源助の作った菜飯《なめし》をうまそうにかき込んでいた。

二

関宿城下になだれ込んだ北条方先手《さきて》衆は、すでに無人となった根小屋（城下町）に火を放った。これにより、城下の諸所に身を隠していた簗田勢が飛び出してきた。黒煙が渦巻く中、双方入り乱れての白兵戦が始まった。

その知らせを聞いた北条氏康とその馬廻衆は、利根川《とねがわ》沿いの堰堤《えんてい》を進み、城と根小屋を望む台地に陣を布こうとした。

その時であった。

河原の葦の間から、伏兵が湧き出てきた。

味方の隊列は長く伸びており、後方の部隊は容易に駆けつけられない。馬廻衆は必死に防戦したが、ここを先途と肉薄する敵兵にたじたじとなり、遂に氏康の身も危うくなった。

氏康の近習と小姓が人楯となり、撤退しようとしたその時、関宿城の大手門が開き、敵勢が押し寄せてきた。

先頭を駆けるのは敵の総大将・簗田持助である。

「氏康、覚悟！」

迎え撃つ北条方将兵を長槍で薙ぎ払いつつ、瞬く間に持助が近づいてきた。

その背後には、これほどいたのかと思われるほどの敵兵が付き従っている。

すでに、その場にいる主立つ者は、打ち掛かってきた敵と戦っている。

氏康の周囲は数人の小姓を残すばかりとなった。

「槍を」

落ち着いた声音で小姓を促した氏康は、長烏帽子《ながえぼし》を兜に替えると、槍をゆっくりとしごいた。

「殿、この場はお任せを！」

その時、物見に出ていたはずの新三郎と源助が戻ってきた。

「新三郎、よくぞ戻った」

「殿の御身に、よからぬことが起こるような胸騒ぎがいたしましたゆえ、途中から引き返してまいりました」

「さすがだ」

氏康は苦笑した。

その余裕のある態度に、周囲は落ち着きを取り戻した。

「新三郎、あれが見えるか」

「あれは簗田持助殿」

「そのようだ」

「殿はかの首をご所望か」

氏康がうなずくのを見た新三郎は、踵《きびす》を返すと、槍を脇下に挟み、馬にまたがった。

「行くぞ！」

源助を促すと、新三郎は堰堤を駆け来る敵勢のただ中に、単騎で突進していった。


――これはかなわん。

飛来する矢の雨を右に左によけつつ、源助は新三郎の傍らを懸命に走った。しかし馬を駆る新三郎は、矢など意にも介さず、何ごとか喚きながら敵に打ち掛かっていった。

敵の矢は新三郎に集中されたが、どれも新三郎を避けるように落ち、なぜか一矢《いっし》も当たらない。

「若造、そこをどけ！」

十文字槍を頭上で振り回しつつ、持助が突進してきた。

「どくか！」

馬を止めた新三郎が、持助の眼前に立ちはだかった。

持助は悪鬼のごとき形相で、十文字槍を突き入れてきた。

「旦那様、危ない！」

源助がもうだめだと思った瞬間、新三郎はひらりと身をかわし、持助の槍の柄を摑み取った。

まさに間一髪の神業《かみわざ》である。

槍の柄を摑まれ、勢い余った持助は落馬した。しかし幸いにも、堰堤から下の河原まで転がり落ちたので、新三郎に仕留められることはなかった。

「しまった」

新三郎が舌打ちした。

下の河原で配下に助け起こされている持助の姿が見える。

「源助、馬を頼んだぞ」

新三郎の意図を察した源助は慌てふためいた。

「いけませぬ！」

周囲は敵だらけであり、堰堤を下りては取り囲まれて膾《なます》にされるだけである。

咄嗟《とっさ》にそう思った源助は、新三郎の下馬を許さず、馬の手綱を取り、味方のいる方角に向けると、その尻を強く叩いた。

「源助、よせ！」

棹立《さおだ》ちになった馬は白目を剝いていななくと、味方に向かって駆け去った。

三

新三郎の活躍により、陣形を立て直すことのできた北条方は、敵の奇襲を防ぎきり、その勢いで逆に城際まで攻め寄せ、凄まじい攻城戦を展開した。

新三郎は敵を求めて駆けめぐり、午後の戦いだけで首二つを挙げた。

しかし、簗田勢の必死の抵抗の前に、その日のうちに城を落とすことは叶わず、申《さる》の下刻（午後五時頃）、北条方の引き太鼓が叩かれた。

新三郎は氏康馬廻衆の最後尾を受け持ち、撤退に移った。

満開の桜の下、新三郎主従は、なだらかな山に囲まれた田園地帯を進んでいた。

「殿は、たいそう旦那様を頼りになさっておいでてでしたな」

「ああ、殿は勇ある者を好む」

「旦那様の勇はどこから湧き出てくるのでしょう。この源助、不思議でなりませぬ」

「わしは摩利支天を信じておるゆえ、かすり傷一つ負わぬことになっておる。それは幾度も申したろう」

割りきれない気持ちを抱きつつも、源助はうなずいた。

「それゆえ、あの時、源助が馬の尻を叩かなかったら、わしは簗田殿を討ち取っていたはずだ」

「それは、お詫びの申し上げようもありませぬ」

源助はため息をついた。

あの時、周囲は敵兵ばかりで、討ち取られるのは、間違いなく新三郎の方だった。少なくとも源助の経験からすれば、あれは当然の措置であった。

しかし源助は詫びた。新三郎の言葉は確信に満ちており、源助を素直に詫びさせてしまう何かがあったからである。

「源助、気にするな。首は簗田殿に預けてきた。次の機会にいただく」

新三郎は屈託のない笑い声をあげた。

そうした大言壮語も、新三郎の口から出た瞬間、源助には真実に聞こえる。

「それにしても、摩利支天に首を三つまで許されたにもかかわらず、二つとは寂しい限りだ」

持助から分捕った十文字槍の穂先には、白布に包まれた二つの首が、ぶらぶらと揺れていた。

「殿の危急を救った上、首を二つ獲れれば、十分ではありませぬか」

「それもそうだな」

二人が笑ったその時、後方から騎乗の武者が追いついてきた。

「これは御奉行様」

薄暮の中、現れた騎馬武者は軍監であった。

「おう新三郎、此度も功を挙げたな」

「なあに、摩利支天のお陰でござるよ」

「いずれにしても、たいしたものだ」

と言いつつ、軍監が感心したように新三郎を見つめた。その眼差しには、畏敬の念が込められていた。

「御奉行様は、これからどちらに」

新三郎が照れくさそうに話題を変えた。

「殿軍《しんがり》の連中と共に最後尾を進んでいたが、殿からお呼びがかかった。それで、殿に追いつくべく道を急いでおる次第だ」

「それを届けるのでござるか」

新三郎の視線が、鞍の四緒手《しおで》にぶら下がった十羽ほどの雉《きじ》に吸い寄せられた。

「これはついでだ。殿軍の連中が無聊《ぶりょう》を持て余し、矢比べをしておる。これがその収穫だ。殿に献じてくれと申し、わしに押し付けてきおった」

「今宵は雉鍋にありつけそうですな」

「そのようだな」

軍監が「これにて御免」と言って去るとすぐに、二人のはるか頭上を、一本の矢が越えていった。矢は右手の叢林の中に落ち、木々をざわつかせた。

「流れ矢ですな」

「物騒なことだ」

二人は首をすくめて笑った。

気づくと、先ほどまで前方に見えていた傍輩の後ろ姿が見えなくなっていた。

「源助、わしらも少し急ぐか」

新三郎が声をかけた時であった。

道脇の水車小屋の陰から、何者かが飛び出してきた。

「何奴！」

新三郎との話に熱中し、味方と離れ過ぎたことを源助は悔やんだ。後方を進んでいるはずの殿軍とも、かなり距離がある。

たちまち人影は四つになった。

「旦那様、いかがいたしますか」

源助が不安そうに新三郎を見上げた。

すでに日は山の端に隠れるばかりとなり、陰となった新三郎の表情を窺い知ることはできないが、その泰然とした態度を見れば、臆していないことだけは確かだった。

「簗田様の命により、槍を取り返しにきた」

敵の一人が待ち伏せの目的を述べた。

その銅鐘《どうしょう》のように響く冷たく落ち着いた声音は、相当の使い手であることを示している。

一方、新三郎は押し黙ったままである。

「わが殿は貴殿の勇を称え、おとなしく槍を返せば、われらに手出しするなと申された。そして、いま一度、貴殿と槍を合わせたいとのことだ」

敵の言葉が終わらぬうちに、新三郎が馬を飛び下りた。

「わが運、いまだ尽きず！」

槍の穂先に付けていた首を外した新三郎は、十文字の穂先を締め直すと、ゆっくりと槍を構えた。

「旦那様——」

「源助、馬を引いて下がっておれ」

その強い口調に圧倒された源助は、説得を諦め、黙って後方に下がった。

「どうやら槍を返すつもりはないようだな」

「申すまでもなきこと」

「やむをえぬ」

敵は目配せすると散開した。

それぞれの小者らしき徒士が、武士二人を守るように、両端に散った。

敵は、新三郎の視界の外から攻撃を仕掛けるつもりのようだった。

先ほどまで街道に差していた日は、いよいよ山の端に隠れ、男たちの足元には、夜の帳《とばり》が下りはじめていた。

新三郎にとり、極めて不利な状況であったが、当の本人は全く意に介していないかのごとく、平然と槍を構えていた。

「せや！」

白刃を振りかざした左端の敵が跳ぶと同時に、右端の敵も突きを入れてきた。

左手に持ち替えた十文字槍の穂先に敵の太刀を引っ掛けた新三郎は、一方の手で抜いた太刀で敵の白刃を受け止めた。

新三郎は、徒士二人の左右同時攻撃を見事に防いだ。

しかし、それが敵の狙いだった。

眼前の武士二人が容赦なく槍をつけてきた。

——もうだめだ。

源助が目をつぶろうとした瞬間だった。

新三郎が遠心力を使い、手にした十文字槍を横なぐりに払うと、左手の徒士の体は横に流れ、武士二人に体当たりする格好となった。

「あっ！」

「おいっ」

三人の体が交錯している間、すかさず槍を引いた新三郎は、右手の敵めがけて、その槍を突き入れた。

「ひえっ！」

腕を傷つけられたらしく、徒士は飛び下がったが、新三郎も十文字槍と太刀を放してしまった。

「旦那様！」

すかさず走り寄った源助の手から、新三郎は己の槍を受け取った。

その時、体勢を立て直した武士二人が前後になって突きを入れてきた。

「覚悟！」

ひらりと身を翻し、連続する敵の突きをかいくぐった新三郎は、間髪入れず身を沈め、己の槍を突き入れた。

勝負は一瞬にしてついた。

二人の武将は前後に田楽刺しとなり、道脇の水車小屋の壁に突き刺さった。

それを見た徒士二人は、「ひっ！」と叫ぶなり、闇の中に溶け込むように消えていった。

「お、お見事！」

源助が感嘆の声を上げたが、しかし新三郎は、暗がりの中、茫然と立ち尽くしている。

「いつもながら、天晴れな槍さばき！」

敵の死を確かめた源助は、ようやく新三郎の異変に気づいた。

「旦那様、いかがいたしましたか。敵を二人も仕留めたではありませぬか」

立ったまま息絶えている敵の傍らに、ふらふらと近づいた新三郎は、一人の肩に手を掛けると、震える声で言った。

「まだ、死んでおらぬよな、生きておろう」

その取り乱した様子は、先ほどまでの勇猛さとは、あまりにかけ離れていた。

「旦那様――」

「駄目だ。二人とも事切れておる」

新三郎は絶望したように路傍に腰を下ろした。

「いったい、どうなされたのです」

さっぱり状況がのみ込めない源助に、新三郎がかすれた声で告げた。

「わしは敵を四人、討ち取ってしまった」

主の落胆の理由に、源助はようやく気づいた。

「そういえば、確かに四人――」

「これは、不吉なことが起こる」

新三郎は苛立ちを隠そうとせず、幾度も鬢をかき上げた。

その時、源助は、はたと気づいた。

「旦那様、気にすることはありませぬ。摩利支天は、首を四つ獲るなと申されたのでございましょう」

「ああ」

「四人まで討ち取っても、首さえ獲らねば差し支えありませぬ」

「何だと」

うなだれていた新三郎が顔を上げた。

「敵を殺しても、首を獲らねばいいだけの話でございます」

「そうか！」

新三郎の顔に、みるみる生気がよみがえった。

「それにしても、この二人は名ある武将に違いありませぬ。どちらの首を獲り、どちらの首を残していくか、迷うところですな」

路傍に転がした二つの遺骸を、源助が残念そうに見比べていた。

「どちらでもよいわ」

今様《いまよう》を口ずさみながら、新三郎が鐙《あぶみ》に足をかけた。

しばし考えた末、源助は片方の武将の首を落とした。

「これで摩利支天のお告げを守り、今日は三つの首を獲った」

新三郎は晴れ晴れとした顔で、愛馬にまたがった。

「源助、何をしておる。行くぞ」

「へい、ちょっと、お待ちを」

暗がりの中、屍の傍らに屈み、手早く作業を済ませた源助は、新三郎の許に駆け寄り、馬の手綱を取った。

主従が、いつものように駆け出そうとした時である。

どこからか飛んできた矢が、新三郎の首筋を貫いた。

「うっ！」

たまらず新三郎が落馬した。

源助は慌てて周囲を探ったが、敵の気配はなかった。もしかすると、後方を行く殿軍の誰かが放った流れ矢かもしれなかった。

「旦那様！」

周囲の安全を確かめた後、源助が新三郎に駆け寄った。

「馬鹿な、首は三つのはず……」

「ああ、旦那様」

矢は首筋を貫いており、すでに手遅れだった。

夜目にもわかるほどの真紅の血が、矢柄を伝い、どくどくと流れ出ている。

新三郎は「そんなはずがない」と呟きつつ、血反吐《ちへど》を吐いた。

――これまで幾度も死地に赴きながら、かすり傷一つ負わなかった新三郎様が、万に一つも当たるはずのない流れ矢に急所を射貫かれるとは。

源助は運命の皮肉を嘆じた。

「わしの獲った首は三つのはずだ」

源助の腕にすがりながら、気丈にも新三郎は上体を起こした。

眼前には、確かに三つの首が転がっている。

「旦那様、首は、首は確かに三つにござります」

源助は嗚咽を堪《こら》え、三つの首を並べてやった。

「摩利支天め、偽りを申しおって」

新三郎の面が怒りに歪んだ。

その時、新三郎の視線が源助の手元に吸い寄せられた。

「源助、それは何だ」

「これは、もうおひと方の髻《もとどり》にござります」

「そういうことか」と言いつつ、新三郎は苦笑いを浮かべた。

「これは首ではありませぬ。髻にすぎませぬ。後から来る連中に、この首を拾われるのも癪なので、切り落としておいたまでにございます」

源助は泣きながら訴えた。

常の場合、髻の落とされた首は「拾い首」とされ、恩賞は下されない。首を落とす余裕のない激戦となった場合、髻だけ落としておき、後でその首を拾いに行く習慣があったからである。

「源助、髻は首と同じだ。わしは首を四つ獲ってしまったのだ」

そう言うと、新三郎はがっくりと頭《こうべ》を垂れた。

「旦那様！」

源助は懸命に呼びかけたが、すでに新三郎は骸《むくろ》となっていた。

日は西の山陰にすっかり隠れ、周囲に夜の帳が下り始めていた。その暗がりの中を、源助の嗚咽だけが、いつまでも漂っていた。

雑兵首

一

朝方降り出した雨は昼前に上がり、雲間からは、眩しい日が差してきていた。風もすっかりなくなり、周囲は清々しい冷気に満ちている。

それを切り裂くかのように、地には、馬のいななきと人の喊声《かんせい》が轟いていた。

永禄《えいろく》四年九月、北条氏照《うじてる》率いる滝山《たきやま》衆の猛攻により、三田弾正少弼綱定《みただんじょうしょうひつつなさだ》の辛垣城《からかいじょう》が落ちた。

北条勢は辛垣城の南東の尾根伝いにある出城の枡形山城《ますがたやまじょう》を落とし、その余勢を駆って、尾根と山麓《さんろく》の二方面から攻撃を仕掛けたのだ。

これでは、さしもの山間の要害とて、ひとたまりもなかった。

生き残った三田勢の多くは、西北の尾根続きにある雷電山《らいでんやま》目指して落ちていった。

山下甚五左衛門《やましたじんござえもん》は傍輩と共に尾根伝いに敵を追ったが、その逃げ足は速く、なかなか敵には出遭えなかった。

もうだめかと思った頃、尾根道が二つに分かれているところに出た。

少し迷った末、甚五左衛門は下っている尾根道を選んだ。

その道は、どう見ても里に通じているように思われたが、甚五左衛門は構わず突き進んだ。里には、味方の後続部隊が満ちているはずで、負傷して山道を行けなくなった者以外、そちらに逃げる敵などいるはずもなかったが、虫の知らせのようなものが、甚五左衛門をそちらに向かわせた。

むろん一緒に来た者たちは、迷うことなく山頂に向かう道を駆け上がっていった。山頂に出れば、尾根続きの別の山に逃れた敵を捕捉できる可能性が高いからである。

甚五左衛門だけが里への道を選んだ。何とはなしに感じられる人の通った気配が、甚五左衛門の足を急がせた。

「戦場では、直感が何ものにも勝る」と、独りごちながら、甚五左衛門は猟犬のように道を駆け下った。

木漏れ日の中をしばらく行くと、朽ちかけた祠《ほこら》があった。そこに人気を感じた甚五左衛門は、そっと祠に近づき、中の様子を窺った。

——二人、三人、いや四人か。

破れ障子の隙間から垣間見える祠堂の中には、三つの影が動き回っていた。その中心には、座して動かぬ一つの影があった。

——雑兵のようだな。

甚五左衛門は迷った。

——危険を冒してまで獲るべき首か否か。

いかに敵が雑兵とはいえ、こちらが一人と知れば、手向かってくるはずである。そうなれば相応の覚悟が要る。しかも、里に下る道を選ぶ物好きは、甚五左衛門のほかにいるはずもなく、後続の助太刀は期待できない。

——四対一、ないしは三対一か。

しばし考えた末、甚五左衛門は背に掛けてきた弓と矢を取り、数歩後退すると、堂の裏手に向かって射た。

矢は裏手の竹林に落ち、樹叢を激しくざわつかせた。

堂の中に緊張が走り、人声がやんだ。

しばらくして、裏の戸を開ける音がすると、忍び足で笹の葉を踏む音が聞こえてきた。

――頃合よし。

隠れていた藪から飛び出した甚五左衛門は、祠堂に至る石段を駆け上ると、思い切りよく観音扉を蹴破った。

中にいる男たちは啞然としてこちらを見ていた。皆、体を裏手に向けており、表から敵が踏み入ってくるとは、考えてもいなかったようである。

――しめた。

視線の端で、隅にまとめて立てかけられている槍を確かめた甚五左衛門は、迷わず踏み込んだ。

すべては一瞬のうちに決した。

茫然とする最初の一人を突き殺した甚五左衛門は、素早く槍を引き抜くと、二人目の顔の辺りを横殴りに払った。

鮮血が迸《ほとばし》った。

それでも二人目は太刀を抜き、手負いの一人を庇うように立ちはだかった。

その時、裏手に物見に出ていた一人が、戻ってくる気配がした。

——敵が増えてはまずい。

多少の危険を承知の上で、甚五左衛門は勝負を急いだ。

敵の太刀風《たちかぜ》が鬢を撫でたが、間一髪でそれをよけ、半身になった敵の脾腹深くに槍を突き刺した。

二人目も白目を剝いて斃れた。

「待ってくれ」

三人目は足を負傷しているらしく、いざりながら後退したが、甚五左衛門は容赦なく槍を構えた。

「覚悟！」

甚五左衛門が槍を突き入れた時、四人目が躍り込み、自らの体で甚五左衛門の槍を受け止めた。

腹に槍を刺したまま、敵は甚五左衛門に覆いかぶさってきた。しかし甚五左衛門も、膂力《りょりょく》では余人に劣らない。逆に敵を藁混じりの粗壁に押し付け、素早く脇差を抜くと、首筋に切りつけた。

頸動脈を断ち切られた敵は、断末魔の呻き声を発し、立ったまま事切れた。

これを見た残る一人は、すべてを諦めたらしく、誦経を始めた。

「雑兵のくせに覚悟ができている」と、妙に感心しつつ、甚五左衛門は、ゆっくりとその男の背後に回り、太刀を一閃させた。

二

首二つを腰に提げ、残り二つを槍の穂先に括り付けた甚五左衛門は、意気揚々と山を下っていった。

相手が雑兵とはいえ、さすがの甚五左衛門も、一人で四人もの敵を斃したことはなかった。

幸いにも、敵が狭い堂内に寄り集まっていてくれたからこその功名であり、敵に感謝したいくらいだった。

そうした僥倖《ぎょうこう》を素直に喜ぶべきであったが、なぜ雑兵たちが、たった一人の負傷者を庇い、堂内に寄り集まっていたのかまでは、どうしてもわからなかった。

——首を四つも獲ったのだ。まあいいではないか。

甚五左衛門は疑問を無理やり胸にしまうと、槍の穂先を幾度も見上げつつ、胸を張って坂を下った。

いよいよ里に近づいた時、傍輩の税所主水助《さいしょもんどのすけ》が、ぽつんと切り株に腰を下ろしているのが目に入った。

「主水助ではないか」

「これは、甚五左衛門殿」

主水助が青白い顔で会釈した。

「こんなところで、何をしている」

「いや実は——」

主水助によると、日がな一日、懸命に敵を探したが、敵の姿を見ることさえ叶わず、疲れ切り、動けなくなっていたという。

「よくあることだ。元気を出せ」

「それより甚五左衛門殿は、首を四つもお獲りになったのでございますか」

甚五左衛門の槍の穂先を、主水助が羨ましげに見上げた。

「どれも雑兵首だが、何も獲れぬよりはましであった」

甚五左衛門の言葉が終わらぬうちに、主水助が跳び下がって平伏した。

「お願いでございます。その首を一つ、譲って下され」

「何だと」

北条家中では、首の譲渡、売買は固く禁じられていた。その禁を犯した者は、功名どころか重い罰が下される。

「此度の合戦で、悪くとも首一つ獲らねば家督を次弟に譲ると、それがしは父から強く申しつけられておりました。しかし、すでに敵は逃げ散り、もう首を獲ることは叶いませぬ。手ぶらで帰るわけにもまいらず、どうしようかと思いあぐねていたところでございます」

「いや、そう申されても――」

「このままでは、それがしは廃嫡され、どこぞの家の養子に出されるか、坊主になるしかありませぬ」

地侍社会では、長子相続が必ずしも慣習化されておらず、親は、自らの気に入った息子を後継に指名することができた。

「待たれよ」

あまりに突然のことに、さすがの甚五左衛門も戸惑ったが、そんなことを意にも介さず、主水助は地に額を擦り付けた。

「残る生涯を屈辱の中で過ごすなど、それがしには耐えられませぬ。もし首をいただけなければ、この場であい果てますゆえ、介錯だけでも、お願いいたしまする」

洟《はな》をすすり上げつつ、主水助が切腹の支度にかかった。

心中、「やれやれ」と思いつつも、税所家の事情にも通じている甚五左衛門は、同情を禁じ得なかった。

平素より主水助の父は武辺者を好み、勇猛だけが取り柄の次男を可愛がっていた。その分、主水助に対する風当たりは強く、何かというと怒鳴られていたことを、甚五左衛門は覚えていた。

主水助が本気で腹を切るつもりのないことを知っている甚五左衛門は、その場に腰を下ろし、のんびりと竹筒の水を飲んだ。

「そういえば、今年二月の比企表《ひきおもて》の合戦で、貴殿の弟は首を二つも挙げたそ

ていた。


うではないか」

主水助の弟は、武州松山城《まつやまじょう》攻防戦で敵陣に斬り込み、武将首を二つも獲っていた。

「はい、奥州様直々に脇差まで賜りました」

奥州様とは彼らの主の北条陸奥守《むつのかみ》氏照のことである。

「それに引き換え、おぬしは二十歳をとうに過ぎておるのに、いまだ雑兵首一つ挙げられぬか」

「はい、真《まこと》に情けなき次第」

誰憚ることなく主水助は泣き出した。

「困った」と思いつつも、甚五左衛門は四つの首を見比べた。

——どれも雑兵首だ。三つだろうが四つだろうが、たいして変わらぬ。

そうは思うものの、故郷《くに》へ帰れば、甚五左衛門は半士半農の郷士にすぎず、子が六人もいる。首一つ分の恩賞は大きかった。

——いずれにしても此度の戦は、われらに大利があった。手柄を立てた者も多いであろう。

合戦が一方的に終わると、獲得した首の数が多くなる。当然、雑兵首の価値が下がり、恩賞も減るのが常だった。

――雑兵首一つで白米二俵、いや一俵か。

甚五左衛門の面《おもて》に浮かんだ迷いの色を読み取ったらしく、ここぞとばかりに、主水助がにじり寄ってきた。

「故郷に帰れば、わが家に金はあります。首一つ十貫文では、いかがでしょう」

「えっ」

税所家は、山下家よりも家格が高い上、主水助の父に蓄財癖があるため、多くの財を所有していた。しかも十貫文あれば、白米が五、六俵は買える。

「何卒、お願いいたしまする」

甚五左衛門の草鞋《わらじ》に額を擦り付けんばかりに、主水助が懇願した。

「わかったから、よせ」

脛に取り付く主水助の腕を払うと、甚五左衛門は立ち上がった。

「ああ、ありがたきお言葉」

感涙に咽びながら、主水助は幾度も礼を言った。

「礼はもうよい。ただし、帰ったら十貫文、必ず持ってまいるのだぞ」

「はっ、もちろんでございます」

四つの首の白布を解いた甚五左衛門は、それらを横一列に並べてみた。

「して、どの首を頂戴できまするか」

「そうだな――」

「どれも雑兵首にすぎませぬ。どれでもいいではありませぬか」

手近の首に手を掛けようとする主水助を押さえ、甚五左衛門が言った。

「その若い首を持っていけ」

「はい」

満面に笑みを浮かべ、若い首に手を伸ばそうとする主水助の腕を、甚五左衛門が再び押さえた。若い首は獲った時の困難さを考慮され、少しだけ恩賞が多いからである。

「やはり、その皺首《しわくび》を持っていけ」

「えっ、これでございますか」

「どれでもいいと申したであろう」

「しかし――」

不服そうな主水助に、甚五左衛門が釘を刺した。

「選り好みするなら首はやらぬ」

「わかりました」

少し落胆しつつも、主水助は年老いた雑兵首を手に取った。

「よいか、確かに十貫文だぞ」

「はい、天地神明に誓って」

主水助は頬ずりでもしそうなほど、首をしっかと胸に抱えた。

夜になってから陣所に戻るよう、主水助に言いつけた甚五左衛門は、首三つを槍の穂先に括り付け、意気揚々と陣所に向かった。


――命を懸けてもこんなものか。

わずかな恩賞しかもらえなかった甚五左衛門は、陣僧にいくばくかの銭を渡し首の供養を頼むと、首実検の場を後にした。

そこに入れ違いで主水助がやってきた。

真新しい生絹の白布に首を包んだ主水助は、甚五左衛門を見つけると、深く頭を下げた。

「今から首実検か」

「はい」

主水助の嬉しそうな顔を見ていると、甚五左衛門の気分も幾分か晴れてきた。

「弟はどうであった」

「はい、雑兵首一つ獲れなかったようです」

「そいつはよかったな」

「弟に首を見せたところ、恨めしそうな顔をしておりました」

底意地の悪い奴だと思いつつ、主水助と別れた甚五左衛門は、傍輩の集まる焚火に向かった。

しばらく歓談していると、首実検の行われている陣幕内から、軍監のものらしい声が上がった。

「この首は三田弾正少弼殿に相違ないな!」

焚火を囲む者たちの間で、「おおっ」という声が上がり、皆、ぞろぞろと首実検の場に向かった。

——敵大将を討ち取ったのは誰であろうか。

皆につられるように、甚五左衛門もそちらに足を向けようとした。

その時、軍監の声がはっきりと聞こえた。

「生虜全員の証言により、この首、三田弾正少弼綱定殿と認める。討ち取ったのは——」

続く言葉を聞いた甚五左衛門は、その場から動けなくなった。


首実検が終わると、論功行賞が発表された。功第一は、言わずもがな税所主水助だった。氏照から直々に脇差を賜った主水助は、後に加増されることも伝えられた。

甚五左衛門は傍輩と共に拝跪し、それを聞いた。

もらった首が敵大将のものとわかっても、主水助が真実を語るはずはなかった。「もらい首」はもちろん、「買い得首」は厳罰である。むろん、売った側の甚五左衛門も買った側の主水助も、同様に罰を受ける。たとえ、その首が甚五左衛門の獲ったものと認められても、恩賞どころか、「譲り首」の厳罰が待っているのだ。

――猫の額のような知行さえ取り上げられ、無足人に落とされるのがおちだ。

しかも北条家中において、氏照率いる滝山衆の軍律の厳しさは際立っており、配下が規定の軍装を調えられなかっただけで、斬首になった足軽頭さえいる。

甚五左衛門は唇を噛んで口惜しさを堪えた。

三

三田氏を滅亡に追い込んだ北条家滝山衆は、意気揚々と帰国の途に就いた。

唯一人、落胆していた甚五左衛門であったが、故郷で待つ妻子の顔を思い出し、機嫌を直した。

――討たれた者のことを思えば、たいしたことではない。しかも、あれだけ主水助は喜んでおるのだ。二十貫文は出すだろう。

ところが、故郷に帰り十日ほど経っても、主水助からは何の音沙汰もない。

痺れを切らした甚五左衛門は、主水助の屋敷を訪《おとな》うことにした。

門前で何度か怒鳴り、ようやく邸内に招き入れられた甚五左衛門であったが、税所家の家人たちは主水助から、何も申しわたされていないらしく、皆、素っ気ない態度で、甚五左衛門に応対した。

「主人は祝賀客と歓談しておりますゆえ、しばし、こちらでお待ち下され」

家宰《かさい》の老人に導かれ、台所と襖《ふすま》一つ隔てただけの水仕《みずし》女部屋に通された甚五左衛門は、憤然とした。

一刻近くも待たされた末、甚五左衛門はようやく書院に招かれた。

「山下殿、参られるのなら、事前に小者でも寄越してくれねば困る」

座に着くや開口一番、主水助が苦情を述べた。

感涙に咽びながら駆け寄り、手を取って礼を述べる主水助の姿を思い浮かべていた甚五左衛門は、拍子抜けした。

「まあ、小者もおらねば致し方ないがの」

口端に下卑た笑みを浮かべつつ、主水助が呟いた。

甚五左衛門は貧しく、小者一人雇えないことを、常々、恥じていたが、まさか恩人の気にしていることを、主水助が口にするとは思いもしなかった。

「して、今日は何用でございますか」

「何――」

甚五左衛門は、わが耳を疑った。

「何用かと問うております」

「此奴、わしの用など、百も承知であろうに！」

人のいい甚五左衛門にも、ようやく事態がのみ込めてきた。

「はて、思い当たりませぬが」

主水助が、とぼけたように首をかしげた。

「おぬし、まさか――」

ようやく主水助の魂胆に気づいた甚五左衛門は、刀に手を掛けた。

「こいつは物騒な。何を勘違いなされておる」

大げさな素振りで、主水助が背後にのけぞった。

「わしとの約定、よもや忘れたとは言わさぬぞ」

「何のことやら見当もつきませぬ」

「しらを切り通すつもりなら、この場で斬って捨てる」

「何を無体な！」

甚五左衛門が白刃を抜こうとしたその瞬間、脳裏に家族の顔が浮かんだ。

子供六人を抱え、食うや食わずの郷士に過ぎない甚五左衛門である。ここで主水助を斬れば、死罪は免れ得ず、一家は路頭に迷うしかない。

躊躇する甚五左衛門を見て、主水助は、ほっとしたように笑みを浮かべた。

「山下殿、戯《たわむ》れもほどほどになされよ」

――あくまで、とぼけるつもりだな。

甚五左衛門は怒りを抑えて言った。

「約定した十貫文をいただきに参った」

「はて、約定とは何のことやら一向にわかりませぬが」

「泣いてわしに首をくれと頼んだのは、どこのどいつだ。あの時、おぬしは十貫文、必ず払うと申したはずだ」

甚五左衛門の顔が憤怒に歪んだ。

「はて、何か夢でも見たのではございませぬか。まさか、それがしの獲った三田弾正少弼様の首を、己が獲ったものと勘違いなされておいでではありますまいな」

「何！」

主水助は薄ら笑いを浮かべながら、「やれやれ」という顔をした。

「山下殿、父は隠居し、それがしが税所家を継いだことは存じておりますね」

主水助が家督を相続したとの噂を聞いた時、甚五左衛門は、「これで三十貫文はもらえる」と、小躍りしたものだった。

「しかも此度の功名により、それがしは加増の上、奥州様の馬廻衆に加えていただくことになりました」

それらは、すべて事実であった。

「さらに昨日、決まったばかりのことでござるが、それがしは、この辺りの郷士を束ねる組頭になりました。つまり、貴殿の寄親ということになります」

「何だと」

「もう、それがしは貴殿の傍輩ではなく寄親です。それなりの礼を尽くしていただきたい」

「此奴！」

腰を浮かしかけた甚五左衛門に、主水助が釘を刺した。

「寄親に対し、ゆえなき言い掛かりをつけるとは不届き千万。なおも申し募るならば、御奉行様に訴え出ますぞ」

甚五左衛門は、二の句が継げなかった。

「山下殿、父祖の代からの誼《よしみ》により、此度のことは不問に付す。それゆえ、早々にお引き取りいただきたい」

そう言い捨てると、主水助は薄ら笑いを浮かべて奥に消えていった。

甚五左衛門は、しばらくその場から動けなかった。

家宰の老人の咳払いで、ようやくわれに返った甚五左衛門は、茫然としながら税所屋敷を後にした。

四

甚五左衛門に再び陣触れが発せられたのは、永禄七年正月のことだった。

この頃、関東に覇権を打ち立てるべく邁進する北条家と、それを押しとどめようとする敵陣営との戦いが、関東各地で頻発していた。

敵は、上杉輝虎《てるとら》（謙信《けんしん》）を筆頭に、佐竹義重、宇都宮広綱《うつのみやひろつな》、太田三楽斎資正、里見義弘《さとみよしひろ》らで、関東平野を舞台に、双方は執拗な抗争を繰り広げていた。

北条家滝山衆の出陣目的は、岩付城の太田三楽斎勢に呼応して、国府台城《こうのだいじょう》に拠った里見義弘勢を駆逐することにあった。

太田・里見両勢は、関東越山を告げてきた上杉輝虎を恃みとして挙兵した。しかし三国峠《みくにとうげ》を越え、上州厩橋《うまやばし》城に入った輝虎から、「利根川が増水し、後詰困難」という一報が入り、里見勢は梯子を外された格好となった。

里見勢単独では北条勢に抗すべくもない。

正月二十一日、夜陰に紛れ、里見勢は安房国目指して落ちていった。

「敵、撤退開始」の報が入ったのは、深更を過ぎた頃であった。

国府台城の北一里余にある天神山砦に陣を布いた氏照は、里見勢追撃を小田原衆に任せ、自らは国府台城に仕寄ることにした。城には、里見義弘らを逃すため殿軍を買って出た正木平七信茂《まさきへいしちのぶしげ》と、その手勢がいる。

日の出と共に、小田野源太左衛門尉《おたのげんたざえもんのじょう》・神田興兵衛《かんだよへえ》・小針小次郎《こばりこじろう》・菅沼六兵衛丞《すがぬまろくべえのじょう》ら滝山衆先手部隊が、次々と城に取り付くのを眺めていた甚五左衛門は、そろそろ出番が回ってくると察し、出撃の支度を始めた。

その時、慌ただしく立ち働く兵をかき分け、税所主水助が近づいてきた。

「こんな時に何用か」

殺気立った甚五左衛門の様子にたじろぎつつも、主水助は、その口辺に卑屈な笑みを浮かべた。

「いや、用というほどのことでもないが――」

「出陣の邪魔ゆえ、そこをどいて下され」

主水助を押しのけ、兜を手にした甚五左衛門に、主水助がおずおずと語りかけた。

その声はかつてのように弱々しいものだった。

「奥州様から、われら馬廻に命があった」

「奥州様から」

氏照の名が出たので、甚五左衛門も無視するわけにはいかなかった。

「味方は苦戦しておる。奥州様はお怒りだ。われら馬廻も、間もなく仕寄らねばならぬ」

「それで」と先を促しつつ、甚五左衛門は兜をかぶった。

「われら馬廻に、少なくとも首一つを獲るまで帰ってくるなと、奥州様がご命じになられたのだ」

「ほほう」と言いつつ、喜色を浮かべた甚五左衛門の耳元に、主水助が呟いた。

「わしには、到底、無理な話だ」

兜の緒を締めつつ、甚五左衛門は噴き出しそうになった。しかし、次の言葉を聞いた時、怒りを通り越して唖然とした。

「そこでだ。わしのために首一つ、獲ってきてくれぬか」

「今、何と申した」

甚五左衛門はわが耳を疑った。

「雑兵首でよいのだ。首を一つ、頼む」

主水助は、山菜でも摘んできてくれと頼むような言い方をした。

その言葉は、体を張って家族を食べさせている甚五左衛門のような武士を愚弄していた。しかも敵は、死を覚悟で城に籠り、味方を逃がすために捨て石となろうとしている勇者たちである。主水助の言葉は、その名誉ある死を貶《おとし》めるものだった。

「恥を知れ」

不浄なものでも見たかのように、甚五左衛門が視線をそらせた。

「なあ山下殿、ほかならぬおぬしとわしの仲だ。わしがこんなことを頼めるのは、おぬししかおらぬ」

「馬鹿にするのもほどほどにせよ」と言いかけた甚五左衛門は、口をつぐんだ。

――これは依頼ではなく脅しなのだ。

「山下殿、嫌か」

主水助の面に狡猾そうな笑みが浮かんだ。

「否とは言わさぬぞ。あの一件は貴殿にも明かせぬはず。そうとなれば、貴殿はわが寄子として、これからもずっと、わが下で働かねばならぬ。貴殿の働き場を作るも作らぬも、わしの一存次第だ」

確かに、寄親の一存で寄子の功名の機会は失われる。主水助は甚五左衛門を使番や荷駄方に回し、飼い殺しにもできるのだ。しかも、寄親寄子関係は地縁で結ばれているので、おいそれと別の寄親の下に配置換えしてもらうこともできない。

——功名を挙げねば、わしの一家は、ずっと食うや食わずのままだ。

甚五左衛門は暗澹たる気分になった。

一方、甚五左衛門の顔色を窺っていた主水助の面には、勝利者の微笑が浮かんでいた。

「貴殿とは、従前同様、これからも誼を通じていきたいのだ」

主水助が甚五左衛門の肩に手を掛けた。

その生暖かい感触に悪寒が走ったが、甚五左衛門には、それを払いのけることができなかった。

「わかった」

甚五左衛門がため息と共に言った。

「おお、それでこそ山下殿！」

いっぱしの寄親のように、主水助は甚五左衛門の肩を幾度も叩いた。

五

予想に反し、正木勢の抵抗は激しいものだった。

北条家滝山衆は猛然と城に取り付いたが、次々と追い落とされた。これに怒った氏照は、惜しげもなく新手を投入し続けた。

一方、正木勢は討ち取った北条方将兵の首を土塁上に並べ、さかんに勝鬨を上げていた。

甚五左衛門の出撃は、未《ひつじ》の下刻（午後三時頃）を回った頃に訪れた。その頃になると、正木勢にも疲れが見え、次々と押し寄せる新手の攻撃にたじたじとなっていた。

降り注ぐ敵の矢玉の間隙を縫い、堀切を跳び越えた甚五左衛門は、城山の鞍《あん》部《ぶ》にある一つの曲輪の下方に取り付いた。

敵に気取られないよう注意しつつ、甚五左衛門は逆茂木《さかもぎ》をかき分け、曲輪の側壁を攀《よ》じた。

矢玉が尽きたらしい城方は、遂に礫《つぶて》を投げるまでになっていた。

それも弱まった頃を見計らい、隠れていた逆茂木から飛び出した甚五左衛門は、虎落《もがり》を引き倒し、曲輪に飛び込んだ。

その悪鬼のような形相を見た敵勢は、たまらず逃げ出した。その一人の背に、甚五左衛門の容赦ない一撃が振り下ろされた。


――主水助の申した待ち合わせ場所とは、この寺のことか。

満身創痍《まんしんそうい》になった甚五左衛門が、足を引きずって城下の廃寺に入った時、すでに日はとっぷりと暮れていた。

「待ったぞ」

人気のない堂の中から、灯明皿を持った主水助が現れた。

「誰にも見られなかったろうな」

「うむ」

「怪我をしたのか」

余計なお世話だと思いつつも、甚五左衛門はわずかにうなずいた。

「首は獲ったか」

甚五左衛門が黙って指し示した腰の首に、主水助の視線が吸い寄せられた。

「やはり獲ったか。たいしたものよの」

主水助が、いかにも嬉しそうに舌なめずりした。

そのあまりに卑しい様に、甚五左衛門は思わず目をそむけた。

「ところで、城内はどうであった」

主水助の問いに、甚五左衛門は目を剝いた。

――此奴は城に討ち入らず、ここにずっと隠れておったのか。

主水助の問いを無視した甚五左衛門は、腰に提げた首の髻を無造作に引き千切ろうとした。しかし、髪が絡んでうまく切れない。

「脇差を落としたのか」

「質に入れたので、持ってきておらぬ」

「仕方ないな」

嘲るような笑みを浮かべた主水助は、甚五左衛門に自らの脇差を渡した。

絡んだ髪を断ち切った甚五左衛門は、首を主水助に与えた。

「いつも済まぬな」

用意してきた白布で、その首を包んだ主水助は、甚五左衛門に一瞥もくれず、その場から去っていった。

主水助の後ろ姿を複雑な思いで見送った甚五左衛門は、己の手にしている脇差に気づいた。

慌てて主水助を呼び止めようとした甚五左衛門であったが、その時、はたとひらめくものがあった。

六

「という次第で、打ち掛かってくる敵雑兵の槍をかいくぐり、それがしは敵将を追い詰めました。最後は敵将と一騎打ちに及び、見事、突き伏せました。そして脇差を抜き、敵将の首を掻き切りました」

「またしてもよき働きであった。恩賞は追って沙汰する」

「ははっ」

氏照が満足げにうなずくと、主水助は首実検の場に布かれた荒蓆に、額を押し付けんばかりに平伏した。

その時、氏照の傍らに侍る軍監に、何ごとかを耳打ちする者がいる。

軍監は不審な顔をしつつ、氏照に小声でそれを伝えた。

それを聞く氏照の顔が、みるみる曇っていった。

「ときに主水助、その首、間違いなくおぬしが獲ったものだな」

「えっ」

主水助の背筋が雷に打たれたように強張った。

「おぬしが獲った首かと、問うておる」

「はっ、はい。間違いなくわが手で打った首にございます」

「それならよいが」と呟くと、氏照が「ここに連れてこい」と、陣幕の外に声をかけた。

主水助が振り向くと、戸板に乗せられた甚五左衛門が運び込まれてきた。

「甚五左衛門――」

何が起こっているのか、にわかにわからず、主水助は目を白黒させるばかりだった。

「主水助、ここにおる山下甚五左衛門によると、戦が終わり、おぬしに話があると誘われ、人気ない廃寺についていったところ、おぬしが急に斬り掛かってきたというのだが――」

「な、何と」

「おぬしは甚五左衛門を殺したと思い込み、その獲った首を盗み、その場を立ち去ったというが――」

「えっ！」

主水助は飛び上がらんばかりに驚いた。

「その申すところ、真か」

「い、いや、それはすべて作りごとにございます」

ようやく甚五左衛門の策略に気づいた主水助は、必死に弁明しようとした。

それを氏照の大きな手が制した。

「甚五左衛門、そなたの申すは真か」

「はい」

左右の小者の手を借り、甚五左衛門が上体を起こした。

「税所殿はそれがしを暗がりに誘い、突然、斬り掛かってまいりました。いかにそれがしとて、お味方から襲われるとは思いもよらず、不覚を取りました」

「偽りだ。奥州様、この者は嘘を申しております。戦の後、この場に来るまで、それがしは、この者と会っておりませぬ」

「静まれ！」

氏照が厳しい顔で主水助を制した。

「甚五左衛門、むろん、証はあるのだろうな」

懐に手を入れた甚五左衛門は、生絹でくるんだ抜き身の脇差を投げ出した。

「これは、税所殿ともみ合った際、咄嗟《とっさ》に奪ったもの」

「あっ」

自らの脇差が鞘だけになっていることに、主水助は初めて気づいた。

「主水助、これは確かにおぬしのものか」

「は、はい」

「だが甚五左衛門、それだけでは証拠にならぬ」

氏照の言葉に主水助は勇を得た。

「その通りにございます。この者はわが寄子。それがしの目を盗んで脇差を盗むくらい、容易にできます」

「しかし、先ほどおぬしは、その脇差で首を打ったと申したはずだ」

「いや――」

「その後、甚五左衛門とは出会っていないとも申した」

主水助の額に汗の玉が浮かんだ。

ゆっくりと床几から立ち上がった氏照が、拝跪する主水助の傍らまでやってきた。

「主水助、そなたの言葉に偽りはないな」

「はっ、はい。天地神明に誓って、偽りはありませぬ」

「わかった」

氏照が戸板に横たわる甚五左衛門に向き直った。

「どちらかが偽りを申しているに違いないが、脇差だけでは証拠として不十分だ。主水助が首を掻いた後、脇差を落とし、そなたが偶然、拾ったということも有り得る。それゆえ、主水助を罰するわけにはまいらぬ」

「はい」

甚五左衛門が首を垂れた。

――ああ、よかった。

主水助は考え得るすべての神仏に、心中、感謝の言葉を述べた。

「よって主水助の功を認め、おぬしには死罪を申し渡す」

氏照の厳しい裁定に、周囲からざわめきが起こった。

しかし、甚五左衛門は顔色一つ変えなかった。

「奥州様、その首をそれがしが獲ったという証を立てれば、よろしゅうございますか」

安堵の海に浸っていた主水助は、突然、全身が総毛立った。

「そなたは、その証が立てられると申すのだな」

「はい」

「わかった。申してみよ」

少しでも曖昧な証拠であれば許さんと言わんばかりに、氏照は甚五左衛門に厳しい眼差しを注いでいた。

「奥州様、その首の後頭部には、十字の切り込みがあるはずです。それがしは首を落とした際に備え、いつもそうしておりました」

「それは真か」

氏照が軍監に向き直った。

「十字の切り込みは甚五左衛門の印。その言に相違なし」

軍監が厳かに答えた。

早速、走り寄った氏照の近習が、首の髪をかき分け、その傷を確かめた。

固唾《かたず》をのんで周囲が見守る中、近習が大きくうなずいた。

「間違いないか」

苛立たしげに歩み寄り、近習から首を奪った氏照は、自らその傷を確かめた。

氏照の口から大きなため息が漏れた。

「何たることか」

「奥州様、これは甚五左衛門の謀《はかりごと》にござります！」

主水助は必死に弁明しようとしたが、弁明は氏照の最も嫌うものだ。

「それでは、この十字の傷跡を何と説く」

「そ、それは――」

主水助が口ごもった。

「何の申し開きもできぬはずだ」

氏照は悲しそうに首を横に振ると、主水助に背を向けた。

軍監が氏照に代わり、鋭く詰め寄った。

「脇差の件といい、この切り込みといい、すべては甚五左衛門の申したことと符合する。それに反し、おぬしは、何一つとして理に適った弁明ができておらぬではないか」

「ああ、奥州様――」

主水助は、氏照の情けにすがるしかないことを覚った。

「奥州様、どうかお許しを」

「これほどのことをしておいて、おぬしは許しを乞うのか」

「何卒、ご慈悲を」

「わが馬廻にあるまじき行為！」

氏照が目尻を引きつらせた。

「この場には、小田原衆、他国衆なども多くいる。主水助、おぬしは皆の前で、わしの顔に泥を塗ったのだ」

「謀《たばか》られた。わしは謀られたのだ！」

万事休した主水助は発狂を装い、この場から逃れようとした。しかし、傍輩である馬廻衆に左右の肩を押さえられ、氏照の前に引き据えられた。

「それにひきかえ、甚五左衛門の働きは真に天晴れ。おぬしの代わりに馬廻衆に取り立て、組頭に任ずる」

「はっ、ありがたきお言葉」

甚五左衛門が恭しく頭を下げた。

「嘘だ。これは現《うつつ》ではない！」

もはや絶叫する以外、主水助のできることはなかった。

「士道不覚悟により、税所主水助を斬首とする」

氏照が来国行《らいくにゆき》の太刀を抜くと、近習が駆け寄り、白刃を水で清めた。

「嫌だ。死にたくない！」

主水助は泣き喚いた。

死への恐怖以外、すでに主水助の脳裏を占めるものはなかった。

白刃を提げた氏照が主水助の背後に回った時であった。

「奥州様」

戸板の上の甚五左衛門から声がかかった。

「今更、何だ」

「この者は、かように武士の風上にも置けぬ輩。しかし、それがしとは同郷であり、父祖代々の誼もございます。この場は、わが功に代えて一命をお救いいただけませぬか」

その言葉に周囲からどよめきが起こった。

「そなたは、この者に殺されかけたのだぞ。本当によいのか」

「もとより」

甚五左衛門が頭を垂れた。

「天晴れな心懸けだ。その功に代えずとも、そなたの願い、聞き届けよう」

満足そうに微笑んだ氏照は太刀を収めた。

主水助は、命が助かったという喜びにうち震えた。

「しかし甚五左衛門、これほどの卑怯者だ。もう武士として使い物にならん。放逐するのもいいが、それでは家中の恥を晒すことになる。いかがすべきか」

氏照の問いかけに、ここぞとばかりに甚五左衛門が答えた。

「この者とは長らく誼を通じてきました。従前同様、これからも誼を通じていきたいと思うております。それゆえ、わが手元に置いておければ幸いかと」

「手元に——」

「はい、わが小者にでも」

「そうだな。それは丁度いい」

氏照は床几に腰を下ろすと、厳しい声音で申し渡した。

「税所主水助、士道不覚悟により士籍剝奪の上、所払いとする。それを組頭の甚五左衛門が拾ったことにせよ。税所家は半知とし、家督は弟に取らす」

左右の肩を支えられた主水助は、足を引きずられて陣幕の外に連れていかれた。

最後に甚五左衛門を一瞥した時、その頬に浮かぶわずかな笑みを、主水助は見逃さなかった。

主水助は、止め処もなく深い穴に落ちてしまったことを、この時、覚った。

もらい首

一

神流川《かんながわ》の北岸に渡った佐橋修理亮《さはししゅりのすけ》は、葦の生い茂る湿原に馬の脚を取られながらも、敵を求めて前進を続けた。

近くを進んでいたはずの田越忠左衛門《たごえちゅうざえもん》とも、いつのまにかはぐれ、周囲から人の気配がなくなりつつあった。

——そろそろ引き上げるか。

馬を止めた修理亮は、竹筒の水を飲み干すと、額の汗を籠手の甲でぬぐった。

真夏の日は、いまだ中天にあった。

天正十年六月二日、本能寺での信長横死により、天下に再び暗雲が垂れ込め始めた。それは関東も同様で、上州奪還を果たさんとする北条方と、上州死守を目指す滝川左近将監一益《たきがわさこんのしょうげんかずます》の軍勢が衝突したのは、信長死してわずか半月後の六月十八日であった。

この日の戦いに勝利した滝川勢は、翌日、さらに敵陣深く攻め寄せたが、陣形が伸びすぎ、そこを北条方に突かれた。これにより滝川勢の敗走が始まる。北条方の将兵は余勢を駆って、思い思いに対岸に渡っていった。


修理亮が馬首をめぐらそうとした時であった。

突如として、水場を走り回る音と喚き声が耳に飛び込んできた。しかし、背丈ほどもある葦に遮られ、その姿は見えない。

葦の間で味方と敵が出会頭に鉢合わせしたと、修理亮は直感した。

馬を下りた修理亮は、水音と人声が交錯する方角に走った。

葦をかき分けて進むと、突然、視界が開け、対峙する男たちが目に入った。

手前の一人は、三日月の前立に鮮やかな紺糸縅《こんいとおどし》の甲冑を着けた傍輩の田越忠左衛門だった。

「忠左衛門！」

「おう、修理亮」

三人の敵を相手に槍を構えた忠左衛門は、先に仕掛けるべきかどうか迷っているようだった。

「助太刀いたす」

すかさず修理亮は、忠左衛門の「脇槍」の位置に回った。

「脇槍」とは、敵が複数である際、「主槍」の弱点である右手脇を固め、「主槍」の攻撃を援護する役である。

「すまぬ」

複数の敵に気後れしていた忠左衛門が、にわかに元気を取り戻した。

「いくぞ！」

忠左衛門が左端の敵に突き掛かると同時に、修理亮も右手の敵に槍をつけた。

最初の一合わせで、修理亮は相手の技量を覚った。

——これなら勝てる。

よく見ると敵は、いずれも二十歳にも満たない若侍のようだ。

その時、敵の一人が叫んだ。

「若殿、お逃げ下さい！」

「うむ」

背後に隠れるようにしていた一人が、葦の中に飛び込んだ。

若殿という言葉を聞いた修理亮と忠左衛門は、期せずして顔を見合わせた。

「忠左衛門、わしはこの二人を相手にする。おぬしは逃げた敵を追え」

「かたじけない」

忠左衛門が槍を収めると、そうはさせじと敵の槍が追ってきた。

その槍を払った修理亮は、すばやく回り込むと、二人の前に立ちはだかった。

「しまった」

二人は舌打ちしたが、すでに忠左衛門は逃げた敵を追い、葦の間に姿を消していた。

視線で合図を交わした二人が、そろって槍をつけてきた。

――わしを討ち取ってから追うつもりだな。

しかし手練《てだれ》の修理亮にとって、若武者二人が束になって掛かってきても、何ほどのこともない。

「未熟！」

突き掛かってきた片方の槍を脇に挟んだ修理亮は、それを思い切り手前に引いた。

勢い余った敵の一人が、修理亮の眼前に転がった。

即座にその背を踏みつけた修理亮は、一方の敵の槍を下方から巻き上げた。

槍は敵の手を離れ、宙を舞った。

相手の手首の動きを熟知した練達の槍遣いだけにできる技だった。

その槍が地に落ちるより早く、修理亮は敵の草摺の間めがけて、槍を突き通した。

腹を押さえたまま、敵は背後に倒れた。

敵の体ごと己の槍を放した修理亮は、瞬時に太刀を抜くと、逆手に持ち替え、眼下でもがく、いま一人の若武者の胴の下に突き刺した。

血しぶきが顎まで噴き上がったが、そんなことを気にする修理亮ではない。

敵にとどめを刺すべく、修理亮はその腹を縦横に抉《えぐ》った。

やがて眼下の一人も白目を剝いて動かなくなった。

——手こずらせおって。

何の感情も差し挟まず、修理亮は二人の首を掻き切った。

――さて、忠左衛門は首尾よく大魚を捕まえたか。

首二つを腰に括りつけた修理亮は、忠左衛門を追って葦原に分け入った。

しばらく行くと、葦が四方に薙ぎ倒されている場所に出た。そこには、明らかに争った形跡がある。

「忠左衛門」

声をひそめて呼んでみたが、答えはない。

なおも五感を研ぎ澄まし、周囲の気配を探った時だった。十間ほど先に、激しく薙ぎ倒され、おびただしい血痕の付いた葦が見えた。

よもやとは思いつつも、首二つを腰から外し、身軽になった修理亮は、慎重に葦をかき分けた。

その時、葦の間から、ぬっと人が現れた。

「あっ！」

咄嗟に身構えた修理亮であったが、それが忠左衛門と知るや、安堵の笑みを浮かべた。

「脅かすな。危うく同士討ちするところだったぞ」

しかし、土気色に変わった忠左衛門の顔に、笑みは浮かんでいなかった。

「おぬし、まさか――」

「不覚であった」

そう言うと、忠左衛門は修理亮にもたれ掛かってきた。

忠左衛門を横たえた修理亮は、慌ててその傷口を調べた。

横腹を槍で突かれたらしく、腹に大きな口が開き、そこから止め処もなく鮮血が流れ出ていた。

「おぬしほどの男が、いったいどうしたというのだ」

草摺から下はすでに鮮血に染まり、紺の縅糸が鮮やかな朱色に変わっている。

「敵を慌てて追いすぎた。葦の間に隠れた此奴から、突然、槍をつけられた」

忠左衛門は右手に持った首を示した。

「それでも討ち取ったのだな」

「ああ、討ち取るのに苦労し、随分、血を出してしまったが」

忠左衛門が苦悶の表情を見せた。

「しっかりせい」

われに返った修理亮は、慌てて腰袋から血縛《ちしばり》を取り出すと、腹に開いた傷口に塗り込もうとした。

血縛とは数種の薬草から作られた金瘡薬の一種で、凝血を早める効果がある。

しかし、思いのほか傷は深く、探った拍子に腸の一部が飛び出した。

血縛が用をなさないのは、明らかであった。

「ひどいか」

「いや——」

「正直に申せ」

口ごもった修理亮の顔が、すべてを物語っていた。

「そうか。無念だが、これも天運。致し方ない」

「何を申すか。わしが陣所まで背負っていく」

「もういいのだ」

「忠左衛門」

修理亮の目から、止め処なく涙が溢れた。

「どちらかが先に逝くことになるとは思っていたが、こんなに早い別れが来るとは思わなんだ」

「忠左衛門、おぬしなくして、わしは生きていけぬ」

修理亮が忠左衛門の手を取った。

「小田原の城は楽しかったな」

忠左衛門が遠い目をした。

その顔には、すでに死相が表れていた。

かつて二人は、北条氏政に仕える奥小姓だった。幼少時から気の合った二人は、いつしか衆道《しゅどう》の仲になり、それは三十路を過ぎた今でも続いていた。

「忠左衛門、わしもこの場で腹を切る。かつて死ぬ時は共にと誓ったはずだ」

「馬鹿を申すな」

忠左衛門は苦笑すると、弱々しい手つきで、傍らに置いた首を持ち上げた。

「それでは、こいつが無駄になる」

「どういう意味だ」

「この首はな、滝川左近将監が嫡男於長丸《おながまる》のものだ」

その言葉に修理亮は唖然とした。

二

「そうか、忠左衛門は死んだか」

軍監は、がっくりと肩を落とした。

「見事な最期でございました」

「修理亮、辛かろうな」

かつて近習頭として奥を取り仕切っていた軍監は、二人の奥小姓時代を知っていた。

「生死は武門の常だ。気を落とすな。しかも、おぬしは大功を挙げたのだ」

修理亮を元気づけようとした軍監であったが、修理亮の面は、死人のように蒼白のままだった。

一礼すると、修理亮は肩を落として軍監の許を去っていった。

その後ろ姿に、奥小姓時代の輝きはなかった。

――時は流れ、人は去っていく。それに耐えられなければ、武士という稼業は務まらぬのだ。

軍監が修理亮への同情心を振り払おうとした時、先ほどまで修理亮が座していた場所に、渡したばかりの感状が残されていることに気づいた。それは、後方陣地から届けられてきた北条家当主の氏直《うじなお》の花押《かおう》が入った判物《はんもつ》であった。

そもそも軍監は、それを渡すために修理亮を呼び出したのである。

――これほど貴重なものを。

慌てて修理亮を呼び戻そうとした軍監であったが、はたと思いとどまった。

――武士が一生を懸けて戦場を走り回っても、なかなか得られぬ当主判物を、修理亮は忘れていった。いくら友が死んだからといって、不可解ではないか。

それがどうにも気になり、軍監はいま一度、首実検の行われた場に向かった。

陣幕が取り払われた首実検の場には、すでに人気がなく、蕭々たる風が吹いているだけだった。

わずかに残った小者たちが、物を扱うように無造作に首を片付けている様を眺めつつ、軍監は人の世の無常を思った。

——いずれの首も、われらと同じに、かつては笑い、しゃべり、飯を食っていたのだ。

首が塚のように積み上げられた場所に近づいた軍監は、手を合わせて経を唱えた後、傍らにいた小者に問うた。

「滝川於長丸の首はどこか」

突然、声をかけられた小者は、軍監と知って驚き、跳び下がって拝跪すると、無言で首桶の一つを指差した。それは檜で作られた最も立派な首桶だった。

軍監が首桶の中をのぞいていると、検使役人が飛んできた。

「御奉行様、敵は逃げ散ってしまい、滝川於長丸様の首を返したくとも返せず、困り果てておりました」

軍監に一礼した検使役人は、指示を仰ぐべく、その顔色を窺った。

「まだ、首は洗っておらぬようだな」

軍監は髻の解けかかった髪を摑むと、首を灯明にかざした。

常であれば、首は洗い清められ、化粧を施され、髪も結い直されてから首実検に供される。しかし今回のように、その余裕がない場合は、「素首《そっくび》」のまま首実検が行われる。

「はっ、いや、今から洗い清め、供養してもらう手筈となっております」

検使役人は、慌てて於長丸の首を軍監の手から奪おうとした。

「よいのだ。洗っておらず幸いだった」

検使役人の手を振り払った軍監は、灯明を集めさせ、首を念入りに調べた。

「佐橋修理亮のほかに、誰かこの首に触れた者はおるか」

「いえ、おらぬはずです」

集まってきた小者たちも一様に首を横に振った。

「首桶から出し入れする際に、髻を握ったくらいです」

検使役人が如才なく付け加えた。

軍監はしばし考えた末、小者たちに命じた。

「真新しい油紙と黒しぼり（黒胡麻油）、それに焔硝《えんしょう》を探してこい」

事情がわからず顔を見合わせている小者たちを、検使役人が叱咤した。

「何をしておる。早く行け！」

検使役人に促された小者たちは、四方に散っていった。

しばらくして、軍監の注文したものがそろった。

慎重な手つきで油紙に胡麻油を薄く塗った軍監は、その上に焔硝を振り撒くと、丹念にそれを引き伸ばし、表面の焔硝を吹いた。

油紙の上に薄い焔硝の膜《まく》ができた。

次に何が起こるのか、検使役人と小者たちが固唾をのむ中、軍監は、その油紙を首の右こめかみに当てた。

「まじないか何かの類で」

検使役人の問いに、軍監は笑って答えた。

「見よ、この首の右こめかみに、指の紋がはっきりと残っておろう」

「ははあ」

検使役人がのぞき込むと、血に染まった指の紋理がはっきりと浮かんでいた。

「この指は右手の親指だ」

「いかにも」

「肌に腫《は》れが残るほど強く押し付けられたということは、この指型が付いた時、於長丸は生きていたということだ」

「はあ」

「おかしいとは思わぬか」

「いえ、息のあるうちに首を掻かれることは、よくありますので」

「そうではない。この指だ」

軍監が油紙の一点を指し示した。

「これは右手の親指だ。つまり、この首を掻いた男は左利きだ」

「ということは」

「於長丸を討ったのは、右利きの佐橋修理亮ではない」

軍監は油紙を大切そうに懐にしまった。

三

――これが忠左衛門か。

陣所内の死体安置所に運ばれてきた忠左衛門の亡骸《なきがら》と対面した修理亮は、周囲に人の気配がないことを確かめると、その胸に顔を押し付けて泣いた。

――あの美しき男が、かような姿になるとは。

人という生き物の虚しさを、修理亮は、この時ほど感じたことはなかった。

その死に顔のむごたらしさとは裏腹に、忠左衛門との思い出は美しいものばかりだった。

奥小姓に入れられた時から、どんなに辛いことがあっても、互いにかばい合い、励まし合い、二人は生きてきた。仲違いしたことはあっても、すぐに仲直りし、わだかまりは一切なかった。

そして、共に武芸に励んだ二人は、小姓から使番、そして氏政馬廻衆へと、常に歩を一にしてきた。氏政から氏直への代替わりの際、馬廻衆から小田原衆に編制変えされてからも、戦場に出れば、他人にはわからぬように、二人はお互いを気遣い、助け合ってきた。

そうした人生はずっと続くものと、修理亮は思っていた。

しかし、忠左衛門は死んだ。

死と隣り合わせに生きる者として致し方ないこととはいえ、修理亮にとり、あまりに辛い運命《さだめ》だった。

――忠左衛門が死した時、わしも死んだのだ。

このまま生き続けても、骸《むくろ》としての生を送るだけであることを、修理亮は知っていた。

しかも修理亮は、忠左衛門の好意に甘んじ、その功を己のものとしたのだ。

いかなる経緯《いきさつ》があったとしても、忠左衛門の死を踏み台にして栄達を遂げたことに変わりはなかった。

修理亮は、身悶えせんばかりの自責の念に駆られた。

顔の上まで蓆を引き上げた修理亮は、その亡骸に誓った。

――わしは養子殿に真を語る。そして腹を切る。

忠左衛門と修理亮は、すでに三十路を超えていたが、遂に衆道から抜け出せず、室《しつ》はいたが子はいなかった。弟のいる修理亮と違い、兄弟のいない忠左衛門は、家名断絶を恐れ、遠縁から養子をもらっていた。

修理亮は、その養子にすべてを語ろうと思った。

――おぬしは気の荒い養子殿を嫌っていたが、いかに気が合わぬとはいえ、養子は養子だ。おぬしの代わりに恩賞を受けるのは、養子殿でなければならぬ。

　意を決した修理亮は安置所を後にした。

四

　修理亮が安置所を出るのと入れ違いに入ってきた者がいた。

　軍監と検使役人である。

　次々と莚をめくっていた軍監の手が止まった。

「これが田越忠左衛門殿で」

「うむ、変わり果ててはいるが、この顎の黒子《ほくろ》に見覚えがある」

　そう言うと、軍監は忠左衛門の右腕を取った。

「忠左衛門殿は左利きで」

「うむ、幼少の頃、右手で箸を持つのにも苦労したと本人から聞いた」

　於長丸の首に付いた指の紋理を取った時と同じように、油紙を使い、軍監は忠左衛門の右手親指の紋理を取った。そして、「ふうふう」と焔硝を吹くと、それを灯りにかざした。

続いて、懐から於長丸の首から取った紋理の油紙を取り出すと、双方を重ね合わせた。

「いかがで」

「やはりな」

軍監が二枚の油紙を渡すと、検使役人もそれに倣って油紙を透かし見た。

「紋理が一致しております」

「もらい首、譲り首をあれほど禁じたにもかかわらず、彼奴《きゃつ》らは、その禁を破りおった」

「つまり――」

「於長丸は忠左衛門に討たれたのだ」

二枚の油紙を大切そうに懐にしまった軍監は、忠左衛門の遺骸に蓆を掛けた。

「図らずも敵と刺し違えてしまった忠左衛門は、死の直前、友の修理亮に首を譲ったのだ」

「なぜでございますか。首を子のために託せば、己は死しても、子に恩賞が下されます」

「それは、当人どうしにしかわからぬ話だ」

軍監は言葉を濁すと、遠い目をした。

「それでは、いかがいたしましょう」

「致し方ない。掟は掟だ。修理亮に真を語らせ、功を取り消すしかあるまい」

「修理亮は真を語りましょうか」

「かの男を見くびるな」

柿渋《かきしぶ》を飲み込んだような顔をして、軍監は安置所を後にした。


軍監と検使役人は、神流川下流の河畔にある修理亮の陣所に向かった。

神流川の堰堤からは、河原に林立する無数の掘立小屋が見える。兵たちは夕餉の支度で忙しげに行き交い、そこかしこから飯を炊き、菜を茹でる煙が上がっていた。その煙の消え行く先には、数え切れないほどの星が瞬いている。

「不思議なものよの」

「何がでございます」

軍監の独り言に検使役人が応じた。

「空に瞬く星の数ほど多くの家臣がいる北条家の中で、忠左衛門と修理亮は出会った」

「はあ」

検使役人の気のない返事に、軍監は黙した。

——二人の間には、他者の介在できぬ深い何かが横たわっていたのだ。

その時、堰堤を歩く軍監らの許に、激しく騒ぐ人声が聞こえてきた。

「何ごとか」

「喧嘩《けんか》でありましょうか」

次第にその喧騒は大きくなり、声のする方に多くの顔が向けられた。中には、騒ぎのする方に走り出す者さえいる。

二人が顔を見合わせているところに、前方から奉行下役が駆けてきた。

「あっ、御奉行様、探しておりました」

「いかがいたした」

「喧嘩でございます。斬られた者もおります」

息を切らしていた下役は、軍監から竹筒をもらい、一気に飲み干した。

「して、誰が斬られたのか」

検使役人が問うた。

「はい――」

二度、三度と大きく息を吐いた下役が答えようとする前に、軍監が問うた。

「佐橋修理亮ではあるまいか」

「なぜ、おわかりで」

下役が咽《む》せたので、検使役人は、その背を叩かねばならなかった。


軍監と検使役人が人垣の中に駆け込むと、一人の若者が血刀を提げ、茫然と立ち尽くしていた。その眼前には、血まみれになった佐橋修理亮らしき遺骸が横たわっている。

遠巻きに囲んだ群衆の輪をかき分け、軍監が進み出た。

「田越左馬允《さまのじょう》だな」

肩で息をしつつ若者がうなずいた。

遺骸の傍らに片膝をつき、軍監はその面を確かめた。

「やはり修理亮か」

肩を落とす軍監に、左馬允が弁明した。

「この者は、わが父の功を盗みました」

「修理亮が、おぬしにそう申したのか」

「はい、この者は、父が討死にしたのを幸いに、邪心が芽生え、功をいただく気になったと申しました。それを今更、詫びに来られても――」

「それならば、この者をわしの許に連れてまいればよかったであろう。本人の証言があれば、首注文は後でも変えられる」

「この者はそれを拒み、血判を捺《お》した証文を押し付けてきました」

「なぜだ」

「わかりませぬ」

左馬允から血判が捺された証文を受け取った軍監は、そこに「首を獲ったのは田越忠左衛門」と書かれていることを認めた。

「それで、おぬしは斬ったのか」

「はい、これほどの卑怯者を斬るのに、何の躊躇いもありませんでした」

「何と愚かな――」

「この者は『待て』と言い募り、命乞いをしました」

「修理亮は命乞いなどせぬ。おぬしの短気により、田越家がお取りつぶしになることを恐れたのだ」

「いや、はい――」

左馬允は肩を落として首肯した。

「忠左衛門の功に免じ、この件は公にせぬ。それが修理亮の願いでもあろう」

「ありがたきお言葉」

左馬允はその場に拝跪し、頭《こうべ》を垂れた。


元来た道を引き返す道すがら、軍監は事件を振り返った。

――修理亮は、忠左衛門との関係を知るわしの許に連れていかれれば、いかに功を盗んだと申し立てても、わしが聞き入れるはずがないと、思ったのであろう。そして、わしは詰問を重ね、真を解き明かす。しかも、あの首を落としたのが忠左衛門であるという証拠を、すでにわしは握っていた。

於長丸の首を落とすまで、忠左衛門が生きていたということを証明できれば、「盗み首」ではなく、「もらい首」であることがはっきりする。そうなれば当然、「なぜ忠左衛門は首を修理亮に与えたのか」ということに詮議の焦点が当たる。

――わしに真を解き明かされては、亡き忠左衛門と己の関係を白日の下に晒すことにつながる。それゆえ証言はできぬ。かといって、このまま功を己のものとするのも後ろめたい。ならば、養子に証文を渡した後、腹を切り、忠左衛門の許に行くつもりだったのだろう。たとえ盗人と罵られても、修理亮は忠左衛門と己の関係を白日の下に晒されることだけには、耐えられなかったのだ。

「そうか」

軍監の呟きが、検使役人の耳にも届いた。

「何か仰せになられましたか」

「いや、何でもない」

天の星辰《せいしん》に向かい、軍監は二人の冥福を祈った。

拾い首

一

覚束ない足取りで小川まで下りた栗栖清右衛門《くりすせいえもん》は、胴丸を脱ぎ捨て、陣笠に水を満たした。

「ふー」

頭から水をかぶると、爽快感が体を突き抜けた。

――もう動けん。

河畔に腰を下ろした清右衛門は、一指を動かすことさえ億劫になっていた。

合戦の喧騒は随分と遠のいてしまっている。わずかに馬のいななきが、風に乗って流れてくるだけである。

皺深い喉を鳴らして小川の水を飲んだ清右衛門は、慌てたためか、ひどく咳き込んでしまった。

――もう若くはないのだ。

ようやく咳が収まった清右衛門は、先に行った味方に追いつくべく、胴丸を着けると陣笠をかぶった。

その頃には人心地つき、周囲の様子に気を配るくらいの余裕もできた。

小川の畔には、打ち捨てられた敵味方の小旗や折れた槍が散乱しており、少し先には、首のない雑兵の死骸が転がっている。

その光景は、追う者と追われる者がここで出遭い、命のやりとりを行ったことを、如実に物語っていた。

清右衛門が再び本隊を追おうとした時、叢の陰に何かが転がっているのに気づいた。それは解けかけた白布にくるまれ、無造作に打ち捨てられていた。

――落とし首だ。

首をそのままにして立ち去ろうとした清右衛門であったが、ふと足を止めた。

――落とした者は、さぞ口惜しがっておることだろう。持っていってやれば喜ばれる。どうせわしは、功名にはありつけん。それなら腰に提げていても、邪魔にはならぬはずだ。

そう思い直した清右衛門は、首の髻を摑むと腰に括り付けようとした。

――待てよ。わしがこれを提げて陣中に戻れば、皆は、わしが首を獲ったと思うだろう。真を話せば、わしは笑い者だ。

清右衛門の耳には、傍輩たちの「何だ、拾い首か」という嘲りが聞こえてくるようだった。

「やめた」とばかりに首を放り投げようとした時、髻にこよりが付いていることに気づいた。

――首の名か。

こよりを開いてみると、そこには「大貫伊勢守《おおぬきいせのかみ》」と記されていた。

清右衛門は生唾をのみ込んだ。

大貫伊勢守といえば、下野国の有力国衆・佐野宗綱《さのむねつな》の重臣である。

見てはいけないものを見てしまったかのごとく、こよりを結び直した清右衛門は、首を片手に「どうしたものか」と、その場に立ち尽くしていた。

天正十二年二月、由良国繁と長尾顕景《あきかげ》の調略に成功した佐野宗綱は、両勢と共に渡良瀬川を渡り、北条方の富岡秀高《とみおかひでたか》が守る小泉城《こいずみじょう》に攻め寄せた。

北条家から派遣された援軍の大藤政信《だいとうまさのぶ》は、その頃、小泉城の南東二里にあたる利根川河畔の巨海《こかい》に陣を布き、後続する北条氏直本隊のために、渡河用の舟橋を架けていた。

小泉城の危機を知った大藤政信は、架橋作業を中止し、全軍に出陣を命じた。氏直本隊に先駆けて到着していた小田原衆鉄砲隊を押し立て、小泉城付近に迫った大藤勢は、敵陣の背後から釣瓶《つるべ》撃ちを浴びせた。

あまりの轟音に、大藤勢を氏直本隊と勘違いした佐野宗綱らは、小泉城の包囲を解き、北東方面に退却していった。

渡良瀬川方面に退却する敵を捕捉すべく、大藤勢と富岡勢は追撃戦に移った。追い戦となれば、隊列も何もあったものではない。大藤政信ら将領は、隊列を整えてから追撃に移ろうとしたが、功を焦った武者たちは、てんでばらばらに敵を追い始めた。

その様を見て、秩序立った追撃を諦めた政信は、「討ち取り勝手」の触れを出した。

それを聞いた岡本八郎左衛門政秀《おかもとはちろうざえもんまさひで》は、「走れる者だけ、ついてこい」と叫ぶや、馬に鞭を入れた。その中には、政秀の徒士を務める清右衛門と息子の源《げん》十郎《じゅうろう》の姿もあった。

若い者らに交じり、懸命に走った清右衛門であったが、遂に途中で息が切れ、路傍にへたり込んだ。傍輩たちは清右衛門に一瞥もくれず駆け去ったが、源十郎だけは戻ってきた。

「父上、いかがなされた」

「わしのことはいいから、先に行け」

それだけ言うのが精一杯だった。

政秀の槍持である源十郎が遅れるわけにいかない。源十郎は後ろ髪を引かれるがごとく、幾度も背後を振り返りながら駆け去っていった。

砂塵と清右衛門だけが、その場に取り残された。

二

鎌倉街道上道《かみつみち》を足利《あしかが》方面に向けて追撃した大藤勢であったが、冬の間の積雪で増水した河川に阻まれ、追撃は難航した。

ようやく足利城下に着いたものの、敵は足利城内に逃げ込み、城門を貝のごとく閉ざしていた。

敵が、佐竹・宇都宮連合軍の後詰を待っているのは明らかだった。

元々、兵力に乏しい大藤勢は、氏直本隊の到着を待つため、足利城を遠巻きに包囲した。


その頃、大藤勢に合流すべく、清右衛門はとぼとぼと街道を歩いていた。

時折、味方の使番が街道を行き来するが、誰もが先を急いでいるらしく、清右衛門には目もくれず、土煙を残して駆け去っていった。

その度に清右衛門は、拾った首を背後に隠した。

――何をしておる清右衛門、おぬしは首を盗んだわけではなかろう。

そうは思ってみたものの、どうにも後ろめたい気持ちは収まらず、街道を南下してくる者がいると、それが百姓でも、清右衛門は不安になった。

次第に清右衛門の足は鈍った。

——何のことはない。「その首は何だ」と問い詰められても、胸を張り、拾ってやったと申せばよいだけではないか。

幾度もそう思ったが、なぜか喩えようのない後ろめたさが、清右衛門の脳裏を占めていた。その後ろめたさの正体が何であるか、当の清右衛門にも説明がつかなかった。

思えばここ十年、清右衛門は功名にありついていなかった。若い頃は、戦場に三度も出れば、必ず一度は首を提げてきたものだったが、ここのところ、ずっと功名からは遠ざかっている。

——わしが首を挙げたと知ったら、皆は驚くだろうな。

ついそう思ってしまった清右衛門は、即座に己の醜い考えを否定した。

——何を考えておるのだ！

己を叱咤しつつも、清右衛門にとり、その首はどうにも魅力的だった。

——やはり、おかしな親切心など起こさねばよかった。

清右衛門は首を拾ってしまったことを、心底、悔いた。

これまでの人生、正直だけを取り柄に生きてきた清右衛門にとって、首は重荷以外の何ものでもなかった。いっそ捨ててしまおうかとも思ったが、ひとかどの将の首ともなれば、それなりの供養をせねばならない。供養せずに捨てれば祟りがあると聞いたこともある。

どこかの寺に供養と埋葬を頼もうかとも思ったが、戦火を恐れ、寺から僧侶たちが逃げ散っているのは、明らかだった。

やがて日が暮れてきた。

相州生まれの清右衛門にとり、上州の寒気はことさら辛かった。暖を取る場がないか懸命に探した清右衛門は、ようやく、百姓たちが逃げ散った後の空き家に転がり込むことができた。

火を熾《おこ》し、囲炉裏《いろり》の自在鉤に破れ鍋《わなべ》を掛け、湯を沸かした清右衛門は、埃まみれの椀を見つけ出し、白湯《さゆ》を入れた。

「此度は、たいへんな御難でございましたの」

くるんでいた白布を解き、首の前に椀を供えた清右衛門は、さも生きているかのように、首に語りかけた。むろん首は、拾った時と寸分違わぬ険しい顔のままである。

それでも囲炉裏の熱により、幾分か首に生気が戻ったように感じられた。

「どうか成仏して下され」

清右衛門は手を合わせ、懸命に経を唱えた。

思いつくまま首に語りかけながら、囲炉裏の榾《ほた》をいじっていると、眠気が襲ってきた。うつらうつらしながら清右衛門は、戦場を疾駆した若き日々に思いを馳せていた。

——あの頃、わしは若かった。薩埵峠《さったとうげ》では最後まで戦場に踏みとどまり、武田の騎馬武者を、見事、討ち取った。

夢の中の清右衛門は、奔馬のように精悍《せいかん》だった。日焼けした鬚面《ひげづら》に、ぎらぎらとした目を光らせ、止め処もない野望に燃えていた。敵に怖じることはなく、敵の姿が見えると、逆に奮い立ったものだった。

その時、何かの気配を感じた清右衛門は、現実に引き戻された。

立ち上がって耳を澄ますと、かすかに人馬の喧騒が聞こえる。

——夜襲か。

急いで外に飛び出すと、北東の空が燃えていた。

味方勢が敵城に夜襲を掛けたものらしかった。

清右衛門は、とたんに息子の源十郎のことが心配になった。

――無理をせねばよいのだが。

近頃、戦場慣れしてきたためか、源十郎は、矢玉の飛び交う敵陣に物怖じせずに飛び込んでいくことがある。功を挙げることにこだわるその貪欲さは、若き頃の己を見るようであった。

清右衛門には、それが頼もしくもある反面、気がかりでもあった。

赤く染まった夜空を見上げながら小用を足した清右衛門は、囲炉裏の火を再び熾し、首に頭を下げると、深い眠りについた。

三

翌朝、ようやく味方に合流できた清右衛門は唖然とした。

味方が仮の陣として拠《よ》っている古寺が、惨憺《さんたん》たる有様を呈していたからだ。

負傷兵は門前にまで溢れ、金瘡手当ての番を待っている。境内《けいだい》からは誦経の声がやまず、次々と死体が外に運び出されていく。死体が向かった先からは、幾つもの黒煙が真っ直ぐに立ち上っていた。

たまたま出会った知己《ちき》の者によると、城方から、よもやの夜襲を掛けられた大藤勢は、散々に破られ、半里近くも後退を余儀なくされたという。

――夜襲を掛けられたのは、お味方だったのだ。

清右衛門は、にわかに源十郎のことが心配になった。

人ごみをかき分けて境内に入った清右衛門は、庫裡の裏にうずくまる源十郎をようやく見つけ出した。

「源十郎、無事であったか」

「ああ、父上」

清右衛門の弾んだ声とは裏腹に、源十郎の声は沈んでいた。

「いったい、どうしたというのだ」

「陣掛けしているところを襲われました」

源十郎が口惜しそうに唇を嚙んだ。

「不意打ちだったのか」

「はい、戯《ざ》れ言《ごと》を言いつつ共に働いていた旗持ちの平四郎《へいしろう》の背に、矢が刺さり──」

「平四郎が死んだか」

わずかにうなずいた源十郎が口惜しげに呟いた。

「敵の新手に見事、裏をかかれました」

「新手とは」

「宇都宮の先手勢が、すでに城に入っていたようです」

そこまで言った源十郎は、再び膝の間に顔をうずめた。

「岡本様は無事か」

「はい、あの方の逃げ足は速い」

膝の間から源十郎の苦笑が聞こえた。

「味方の被害は、どれほどのものだったのか」

「見ての通り、帰らぬ者は三人に一人という有様です」

この時、清右衛門の胸底深くに眠っていた何かが頭をもたげた。

──この首を獲った者は、昨夜の夜襲で死んだやも知れぬ。

「ところで父上、その腰のものは何ですか」

突然、源十郎に指摘され、清右衛門は慌てた。

「ああ、これか」

「まさか、首では」

「ああ、うむ」

「何と父上、功を挙げたのですか」

「いや——」

咄嗟のことに、どう返答すべきか迷った清右衛門は、どちらともつかぬ態度を取った。

しかし源十郎は、清右衛門が功を挙げたと思い込み、いかにも嬉しそうに首を見ようとした。

「待て、そう急くな」

「いいではありませぬか。これほどめでたいことはない」

親友の平四郎を失い、意気消沈していた源十郎の瞳が生き生きとしてきた。

それを見た清右衛門は真実を話せなくなった。

しかし、首を獲った者が名乗り出れば、清右衛門は厳しい詮議にかけられ、真実は白日の下《もと》に晒される。それこそは最も恐れるべきものだったが、「三人に一人」の誘惑に、清右衛門は勝てなかった。

「皆、聞け。わが父が首級《みしるし》を挙げたぞ！」

源十郎の声に、周辺で寝そべっていた傍輩たちが集まってきた。

「よかったな」

「久方ぶりの手柄だな」

傍輩たちは清右衛門を心から祝福してくれた。

その中には、「どうせ雑兵首だろう」という軽侮の念が含まれていたが、皆の祝福を受けた清右衛門は、若き日に戻ったかのように嬉しかった。

「して、父上、いかな有様だったのですか」

「えっ、何がだ」

「いかに首を獲ったのか、よろしければ、皆に語ってやって下され」

「いや、たいしたことではないゆえ――」

「父上、皆は負け戦に意気消沈しております。父上の手柄話を聞けば、皆の士気が騰《あ》がりましょう」

源十郎の瞳は少年のように輝いていた。

その様を見ていると、なおさら清右衛門は真実を話せなくなってきた。かつて清右衛門が手柄を立てて帰ると、幼い源十郎は、その時の様子をさかんに問うてきた。同じ話を繰り返しせがみ、源十郎は飽きることがなかった。それが、何よりも清右衛門には嬉しかった。

「実は――」

気が進まないながらも、清右衛門はそれらしい話をでっち上げた。

「となると、相手は随分の武将とお見受けするが」

傍輩の一人が興味津々といった顔を向けてきた。むろんそこには、「武将首のはずがあるまい」といった含みがある。

その言葉に少しむっとした清右衛門は、皆の鼻を明かしてやりたいという衝動に駆られた。

「その武将の御尊顔を、ぜひ拝見したい」

別の傍輩が白布に包まれた首に触れようとした。

「待て、そう急くな」

首を引き寄せた清右衛門であったが、周囲の視線のすべてが、それを要求していることに気づくと、覚悟を決めた。

「わかった。お見せしよう」

清右衛門が白布を解くと、感嘆の声が上がった。

あまり腐敗の進んでいないその首は、面構えといい、骨格といい、どこから見ても、ひとかどの武将のものにしか見えなかった。

「ここにこよりが付いております」

「あっ、それは――」

源十郎が素早くこよりを手に取ると、そこに書いてある名を読み上げた。

「大貫伊勢守」

皆は口をあんぐりと開け、顔を見合わせた。

――もしやこの首を獲った者が、回状を回しておるのではないか。

首を落とした者は、自らの獲った首を拾った者はいないかと、諸隊に回状を回す習慣があった。

「こ、この名について、何か聞いておるのか」

清右衛門の声がうわずった。

「父上、これは佐野家の家老のものですぞ」

「ああ、そのようだな」

「これは、たいした手柄ぞ！」

源十郎が右手を天に突き出して跳び上がった。

徒士仲間も、皆、口々に清右衛門を称え、背を押すようにして大藤政信の仮本陣に連れていった。

清右衛門のためだけに、急遽、行われた首実検も無事に済み、晴れて功は清右衛門のものとなった。敗軍の中、清右衛門は大藤政信より「功第一」と称えられた。

全軍にこのことが告げられたが、首を獲った者は遂に名乗り出なかった。首を獲った者が、昨日の夜襲で死んだのは明らかだった。

清右衛門は、その者の成仏を祈りつつも、心中、安堵のため息を漏らした。

四

同年三月、氏直率いる北条家主力部隊が、いよいよ足利城包囲陣に到着した。大藤勢の士気は、いやが上にも高まった。

若き当主氏直は、即座に我攻《がぜ》め（力攻め）を決定、翌日、三万余の大軍が足利城とその城下に襲い掛かった。

攻防は熾烈を極めたが、北条勢は徐々に包囲を縮め、遂に敵勢を城内に押し込めた。しかし城に拠った敵勢は、頑強な抵抗を示し、北条勢を幾度も押し返した。

攻防は一月余にも及んだ。

四月下旬、氏直は一か八かの惣懸りを決めた。

後備《うしろぞなえ》に回されていた大藤勢にも、陣触れが出た。

——これは、容易ならざる戦いになる。

傍輩と共に出撃を待つ清右衛門の心に、黒雲のような不安が広がっていった。

――天罰が下り、わしは死ぬやも知れぬ。

そう思うと、急に恐怖心が込み上げてきた。

――死ぬ気で城に駆け入っても、若い者には敵わない。よしんば、うまく城内に入り込めても、屈強な敵を突き伏せるなど、わしにできようはずもない。

その時、城の方角から歓声が湧き上がった。

「落城だ！」

「やったぞ！」

城内から勝鬨が風に乗って流れてきた。それは大きな津波となり、清右衛門たちのいる陣まで押し寄せてきた。

清右衛門は心底ほっとした。しかし、そのすぐ後、己の心に初めて芽生えた怯懦《きょうだ》におののいた。

このまま腰抜けの老人になっていくのかと思うと、清右衛門は、いたたまれなくなった。

「父上、功を挙げる機を逃しましたな」

傍らの源十郎が、さも無念そうに舌打ちした。

その眼は、かつての清右衛門と同じ、あの獲物を求める獣のものだった。

佐野宗綱の本拠・唐沢山城《からさわやまじょう》目指して落ちる敵を捕捉殲滅《せんめつ》すべく、北条方は追撃戦に移った。またしても隊列は乱れ、われ先に手柄を競うようになった。

——また走り戦か。

岡本隊の最後尾を駆けていた清右衛門は、傍輩たちから、じりじりと遅れ始めた。

それでも遅れじと足を速めた時、清右衛門は何かに滑り、無様に転倒した。草鞋の裏に付いたものを見ると、馬糞だった。しかも、したたか腰を打ったため、すぐには起き上がれない。

気づけば岡本隊は、すでに砂塵を撒き散らしながら彼方に去っていた。政秀の傍らを走る源十郎も、清右衛門の転倒に気づかなかったらしく、そのまま行ってしまった。

清右衛門は一人、街道に取り残された。

馬糞にまみれて、その場に座り込んでいると、後続部隊が迫ってきた。それを避けるため、清右衛門は転がるように水田に下りた。その眼前を、若武者たちが砂埃を巻き上げ、次々と駆け去っていった。

気づくと清右衛門は、冷たい水を満々とたたえる水田に半身を漬けていた。

――もう若い者には勝てぬ。

泥土の中で、清右衛門は、つくづくと衰えを知った。

寒風吹きすさぶ野に夕闇が迫る頃、清右衛門はようやく気を取り直し、とぼとぼと街道を歩いていった。

五

夜を徹して歩き通した清右衛門は、日の出頃、合戦があったばかりの村に行き着いた。

村内には敵味方の小旗や壊れた武具が散乱し、首のない遺骸が、そこかしこに横たわっていた。中には首のつながっている遺骸もあったが、それらは皆、北条家の三鱗の紋所が描かれた陣笠や御貸胴《おかしどう》を着けた味方のものだった。

——お味方首では致し方ない。

とぼけて味方首を持っていっても、その首の知己が現れれば、たいへんなことになる。味方と知って討った嫌疑がかけられ、拷問《ごうもん》を伴う厳しい詮議が行われる。たとえ疑いが晴れても、首になった者の兄弟や傍輩からの仕返しに、日夜、怯えて生きねばならない。そのため、味方首を首実検にかける者には、相応の覚悟が要る。

清右衛門は、無意識のうちに「落とし首」を探している己の姿に気づいた。

——恥を知れ！

己を叱咤してみたものの、どうしても視線が、叢や物陰を探ってしまう。

軍組織が確立されている北条家の場合、部隊単位で移動することが多く、戦があったばかりの地に、誰よりも早く、たった一人で行き当たる僥倖など、めったになかった。

しかも、戦のあった地域には、怪我人や死体を収容する部隊がすぐに派遣される。むろん、それより前に、付近の百姓らが、金目のものを探しに来るのが常であった。

百姓たちにとり、戦のあった場所は宝の山だった。とくに金属は貴重で、折れ刀や武具の破片を、彼らは血眼になって探した。それらを鋳つぶし、釘として再生するのが狙いである。こうした「古金《ふるがね》」を探す「戦場稼ぎ」たちにより、戦のあった場所からは、あっという間に金属類が消えていった。

周囲を見回した清右衛門は、誰もいないことを確かめると、突然、脱兎のごとく駆け出した。

——一度やってしまったことだ。二度やっても同じだ。

清右衛門は、開き直ったかのごとく戦場を駆け回った。

己の面相が餓鬼のように浅ましいものに変わっていることを、清右衛門は知っていた。しかし、それがわかったとて、やめられるものではなかった。

——あった！

それは朽ちかけた厩の脇に落ちていた。

白布に包まれたその首は、明らかに誰かが落としていったものだった。

もどかしげに白布を解くと、茶筅髷《ちゃせんまげ》を結ったひとかどの武将首が出てきた。

手早くその首を腰に括り付けた清右衛門は、己に言い聞かせた。

――この首はわしのものだ。わしが敵を斃して獲ったのだ。またしても、わしは功名を挙げたのだ。

先ほどまでの後ろめたい気持ちが嘘のように消え去り、胸内に潑剌たる鋭気が満ちた。

――これでまた、源十郎の喜ぶ顔が見られるぞ。

若き頃に戻ったかのように、清右衛門は胸を張って歩き出した。

六

清右衛門が唐沢山城下に着いた時、味方は城を包囲しつつあった。

早速、岡本政秀の陣所に赴いた清右衛門であったが、政秀と源十郎が戻っていないことを知らされ、愕然とした。しかも、岡本家の家人や寄子たちは二人を探しに出払っており、詳しいことを知る者はいない。

源十郎の安否が定かでないことを知った清右衛門は、居ても立ってもいられなくなった。

早速、元来た街道を探しに戻ろうとする清右衛門の耳に、触役の声が聞こえてきた。

「半刻後、本陣で首実検を始める。首を挙げた者は本陣に行き、首注文に記帳せよ。危急の折ゆえ、申し出のない首は、後日では受け付けないとのこと」

それを聞いた清右衛門の顔色が変わった。

——いかがいたすか。

首実検では、自らの番がいつになるかわからず、一刻くらいすぐに経ってしまう。とくに清右衛門が供した首のように、瑣末な局地戦で挙げたものは、後回しにされることが多い。

首だけ供することもできたが、討ち取った本人が首実検に出なければ、首を獲った折の勇壮な話を、重臣たちの前で語ることができず、恩賞も目減りすることは確実であった。

——源十郎は大丈夫だ。逃げ足では誰にも劣らぬ岡本様も一緒ではないか。

そう己に言い聞かせると、清右衛門の足は本陣に向いた。

「この首、間違いなく長尾家侍大将の二階堂播磨守《にかいどうはりまのかみ》のものだな」

軍監に迫られた生虜の一人が、虚ろな顔でうなずいた。

それを見た軍監が大藤政信に向き直った。

「間違いないようです」

軍監の報告を受けた政信は、満面に笑みを浮かべた。

「栗栖清右衛門、先日の大貫伊勢守に続き、此度の二階堂播磨守を討ち取った儀、真にもって天晴れであった」

政信から最上級の賛辞を贈られた清右衛門は、天にも上る気分だった。

此度の功により、清右衛門は、間違いなくかつての武名を取り戻せるはずだ。

――わしはやった。わしはすべてを取り戻したのだ！

清右衛門は喜びを嚙み締めた。

「この者こそ、老いたる者の手本にござります」

政信の傍らに控える軍監も嬉しそうだった。

軍監は清右衛門と同年輩であり、常々、老境に入った兵たちを気遣ってくれていた。

「老いても、かように功は挙げられる。それを清右衛門は明らかにした。このことを若殿に言上し、他の老人たちを奮起させる材としよう」

いつになく政信も上機嫌だった。

「ありがたきお言葉」

清右衛門は歓喜に咽《むせ》んだ。

その時、陣幕の外より使番が走り来て、軍監に何ごとかを耳打ちした。

笑顔でそれを聞いていた軍監の顔が、瞬く間に曇っていく。

厳しい顔つきのまま、軍監は政信の耳元に口を近づけた。

「何と――」

それを聞く政信の顔つきも次第に険しくなっていった。

清右衛門は、二階堂播磨守の首を獲った者が現れたのではないかと不安になった。

しかし、播磨守は夜間の乱戦中に討たれたはずで、討ち取った者とて、誰の首ともわからぬはずである。しかも夜戦ともなれば、証人を見つけるのは容易でない。

——何を申し述べようが、証拠はないはずだ。

清右衛門は己に言い聞かせた。

「清右衛門、そなたに用のある者が来ておる」

政信の声音は、先ほどとは明らかに違う刺々《とげとげ》しいものに変わっていた。

「後ろを見よ」

清右衛門が振り返ると、源十郎と寄親の岡本政秀がそろって拝跪していた。

「源十郎、生きておったか!」

清右衛門は喜びのあまり駆け寄ろうとしたが、首実検の場であることを思い出し、すんでのところで思いとどまった。

源十郎の安否に一抹の不安を抱きつつ、首実検に臨んだ清右衛門であったが、その無事な姿を見て、喜びも倍増した。

「源十郎、見よ。父はまた功を挙げたぞ」

しかし、その言葉を聞けば、弾むように喜ぶはずの源十郎の顔は、曇ったままだった。

「いったい、いかがいたしたのだ」

清右衛門を制するかのように、軍監が二人に指示した。

「こちらに参れ」

二人は清右衛門の横に拝跪した。

「何かよからぬことでもあったのか」

清右衛門がいくら問うても、源十郎は清右衛門に一瞥もくれずうつむいているだけである。

「ここにおるは、岡本八郎左衛門寄子の栗栖源十郎という者。この者によると、栗栖清右衛門の供した首は、己が獲ったものとのこと」

軍監の言葉に、清右衛門は愕然とした。

二人に向き直った軍監は厳しい顔つきで問うた。

「源十郎、相違ないな」

「はっ」

源十郎が平伏した。

「馬鹿な」

立ち上がった清右衛門は、首を指差して叫んだ。

「嘘だ。この首は、わしが獲ったのだ！」

「静まれ！」

清右衛門を制した政信は、寄親の岡本政秀に顔を向けた。

「八郎左衛門、源十郎がこの首を獲った折、そなたはそばにいたと聞くが――」

「はっ、乱戦になり、それがしは不覚にも手傷を負いました。そこに源十郎が駆けつけ、敵に立ち向かいました」

「それで、この首を獲ったと申すか」

「はい、暗がりゆえ、首がその折の武者かどうかは、定かでありませぬが――」

「さもありなん。この首はわが手で落としたもの！」

「控えろ！」

まくしたてる清右衛門を、今度は軍監が一喝した。

「それでは源十郎、そなたが、この首を獲った場所はどこか」

政信の問いかけにも、源十郎は澱みなく答えた。

「小さな村のはずれにある朽ちかけた厩の脇にございます」

「ほほう、清右衛門の申した場所と同じだな」

政信の目が光った。

「そこで首を獲り、そこで首を失くしたというわけか」

「はっ、掻き切った首を腰に括り付けようとすると、すぐに敵の新手が現れ――」

「斬り合いになり、首をどこかに落としたというわけだな」

「いかにも」

源十郎は無念そうに唇を噛み締めた。

「なぜ、首を探さなんだのか」

「暗がりの中で首を探し出すのは困難。しかも、お味方は敵を追い、走り去った後。手負いの岡本様とそれがしだけで、その場にとどまることは危ういと思いました」

「それでも首を探そうと申したのですが、源十郎は、後続の誰かが拾ってくれるに相違ないと申し――」

政秀が無念そうにため息を漏らした。

「それで、打ち捨ててきたと申すか」

「いや、廃寺に隠れて一夜を過ごし、朝方には出血も止まりましたので、それがしは源十郎を促し、村に戻りました。血眼になって二人で首を探したのですが、どうしても見つからず、源十郎が『お味方のいない地にとどまるは危険』と、さかんに申すので、無念ながら陣所に戻りました」

「主を気遣い、己の手柄を捨てるとは立派な心がけだ」

政信は感嘆のため息を漏らしたが、次の瞬間には厳しい顔つきに戻っていた。

「しかしながら、それだけでは、この首をそなたの落としたものと認めるわけにはまいらぬ。現に、ここにいる八郎左衛門も、この首が、そなたの討ち取ったものとまでは申しておらぬ」

政信の言葉に政秀は肩を落とした。

「源十郎、すまぬ」

「とんでもございませせぬ」

——ここが切所《せっしょ》だ。

ここぞとばかりに、清右衛門が口を開いた。

「大藤様、これでおわかりいただけたはず。わが息子とはいえ、父を貶《おとし》めるとは真にもって不届き千万。陣所に戻ってからお灸をすえますので、この場は、それがしにお任せ下され」

「うむ」

政信が立ち上がろうとした時だった。

「お待ち下さい」

源十郎が政信を呼び止めた。

「まだ何かあるのか」

「それがしは首を落とした折に備え、常に手巾を千切り、口の中に挟んでおります。これは父から教わった心得にございます」

わが耳を疑う清右衛門を尻目に、源十郎は腰の手巾を外し、小者に手渡した。

軍監が合図すると、別の小者が首に走り寄り、首の口をこじ開け、その中から手巾の切れ端を取り出した。そして、それを高く掲げた。

篝火に照らされた白布の切れ端が、妖しく風に揺らいでいる。

清右衛門は、この光景を現《うつつ》のものと思いたくなかった。

小者から渡された源十郎の手巾と、首の口から出た切れ端を見比べ、大きくうなずいた軍監は、黙ってそれを政信に差し出した。

軍監と同じように双方の切り口を確認した政信の面に、不快な色が走った。

「どうやら、この首は源十郎の獲ったものに相違なさそうだな」

「いかにも」

政信と軍監の視線が清右衛門を射た。

「この首を拾ったにもかかわらず、清右衛門は己の獲ったものとして、首実検に供したということか」

「道理に照らせば、その通り」

軍監が厳かに答えた。

「清右衛門、何か申し開きはあるか」

軍監の冷厳な声音が、清右衛門の胸に突き刺さった。

清右衛門は喘ぎながら突っ伏した。

それが答えであることは、誰の目にも明らかであった。

「この者は他人の手柄を奪おうとした愚か者だ。しかも皮肉なことに、その首は己の息子の獲ったものだったのだ。さしずめ、大貫伊勢守の首も拾ったもののであろう」

「向後、この者が、おめおめと家中で生きていくことはできますまい。後は、己で始末をつけさせまする」

「そうだな」

軍監の言葉に同意した政信は、汚《けが》れたものでも見たかのように顔をしかめ、座を払った。

「これにて首実検を終わる！」

鍛えた鋼のような軍監の声が、陣幕を震わせた。


清右衛門の頭の中は、靄がかかっているかのように真っ白だった。ただ、若かりし頃の情景が、次々と浮かんでは消えていった。その多くは、幼い頃の源十郎の思い出と共にあった。

――あの頃は楽しかった。

肩車をされて喜ぶ源十郎の笑い声が、耳朶によみがえってきた。

次第に清右衛門は夢見心地になっていった。

「父上──」

われに返ると、眼前に泣き濡れた源十郎の顔があった。

清右衛門は、なぜ源十郎が泣いているのか、にわかに理解できなかった。

「どうした」

「父上、申し訳ありませぬ。何ごとにも正直であれと、常々、父上から教えられてきたそれがしには、どうしても真を隠すことができませなんだ」

幾度もしゃくりあげながら、源十郎が言った。

「そうか」

すでに清右衛門には、その言葉の意味すら理解できなかった。

「どうかお許し下さい」

そう言い残すと、源十郎は何かを振り払うように踵を返した。そして、二度と背後を振り返らず、政秀をいたわるように下がっていった。

小者が眼前を行き来し、あっという間に首実検の場は片付けられていった。

口端に笑みさえ浮かべて思い出に浸る清右衛門の前に立った軍監は、腰の脇差を抜くと、清右衛門の膝の前に置いた。そして、哀れむような視線を投げかけると、黙ってその場から去っていった。
人気がなくなると、夜風の冷たさが身にしみる。
笑みを浮かべたまま、清右衛門は、ゆっくりと脇差に手を伸ばした。

〈対談〉乃至政彦×伊東 潤

下級武士を通して見る戦国時代のリアル

武将たちの華々しい活躍の裏では、夥《おびただ》しい数の雑兵《ぞうひょう》たちが命を懸けて働いていた。雑兵の成り立ち、仕事、思想、恋愛関係――。戦国時代の知られざる実態を追い求めてきた歴史家・乃至政彦《ないしまさひこ》と、歴史の上に生きた人々のリアルな人間像を描き続けてきた伊東潤《いとうじゅん》が、下級武士を通し、戦国時代の真の姿を探る。

――まずは乃至先生に、『戦国無常　首獲り』の感想をおうかがいします。

乃至　戦国時代の戦い方や戦術を描いた歴史小説は多くありますが、首獲りと恩賞をメインテーマに据えた作品は見たことがなかったので、斬新で面白かったです。単行本が刊行された二〇〇九年から戦国時代の研究は大きく進歩し、通説が目まぐるしく変わったのですが、この作品はまったく古びていません。伊東さんは膨大な史料に当たられたと思いますが、その上に、人間の心の不動の部分を置いたので、今でも色あせないのだと思います。感嘆いたしました。

伊東　ありがとうございます。「人間の普遍的な部分が描かれているのがよい小説」と誰かが言っているのを読み、戦国時代を舞台にした場合、人間の醜さと美しさが同時に表れる究極の場はどこかと考えたら、言うまでもなく戦場であり、またその後の論功行賞の場だと気付きました。首一つで立身出世が叶い、恩賞として知行地《ちぎょうち》を得ることができるので、子々孫々まで繁栄が約束されるのです。武士たちにとって何よりも大切なものが首というわけです。その首をめぐる様々な人間ドラマを描いたら面白いのではないかと考えました。

——本書の主人公は、主に足軽、雑兵などの身分が低い武士たちです。物語をより深く理解するための前提として、戦国時代の「兵士」の変遷《へんせん》を教えてください。

乃至　武士が台頭してきた当初、合戦は侍《さむらい》だけで行うものでしたが、彼らは着替えの手伝いや調理などの雑務を担当する武家奉公（小者）を連れていました。ですが戦場では誰もが命を狙われますから、奉公《ぶけほうこう》人も武装するようになり、やがて雑務に加え侍の警護も行う雑兵となり、そこから雑兵を使った集団戦法が生まれました。戦争難民も雑兵として雇われるようになり、手柄を立てれば武士に取り立てられるようになりました。これがいわゆる足軽です。歩兵である足軽が増えると軍隊の編成も変わり、槍隊、鉄砲隊などを大名たちが戦いながら試行錯誤し作り始めたのが戦国時代です。これら足軽やお供の少ない下級武士は出世しないと生活が安定しないので、何が何でも手柄を立てたいのですが、それは味方が競争相手になることを意味します。彼らは、味方が斬り合いの邪魔をするかもしれない、獲った首を奪いにくるかもしれない緊張感の中で戦っていました。この緊張感は、現代にも通じるものがあります。

伊東　歴史小説は、現代との合わせ鏡になっていることで輝きを増します。グローバリズムの蔓延《まんえん》によって、日本も激しい競争社会となりました。競争をしている時こそ人間の本性が表れますし、様々な駆け引きもあります。こうした競争のあり方を、実力次第で立身出世が叶う戦国時代を舞台にして描きたかったんです。乃至さんが指摘されたように、戦国時代の雑兵クラスはぎりぎりの生活をしていました。だから雑兵は少しでも多くの恩賞、できれば子々孫々まで伝えられる知行地を欲していたはずです。そうなれば味方を斬って首を奪ったり、体力が衰えたベテランが知恵一つで首を手にしたりするようなルール違反も頻発《ひんぱつ》していたはずです。軍記物などにはそうした模様のいくつかが散見されますが、それをさらに押し広げ、様々な物語を紡《つむ》ぎました。

――作中には、人が獲った首を奪ってはいけない、首を譲ったり譲られたりしてはいけないなどのルールが出てきますが、このような軍法は実際にあったのでしょうか。

乃至　大名によってルールは違いますが、実在していたようです。

伊東　本作は『北条五代記《ほうじょうごだいき》』や『関八州古戦録《かんはっしゅうこせんろく》』などの軍記物を参考にしましたが、ルールまでは詳しく書いていないので、私の創作も加えています。しかし「あってもおかしくない」合理性を吟味《ぎんみ》したので、違和感はないと思います。

――「頼まれ首」では、前線で首実検が行われますが、その場所がきちんと整えられていました。首実検は、それほど厳粛な儀式だったのでしょうか。

乃至　首実検は家臣が命がけで獲ってきた首を検査する場ですから、それは厳粛に行われていました。いつ行うかは大名家によって違い、戦陣で行う家もあれば、合戦が終わってから行う家もありました。

伊東　首実検は人間の死を確認する場なので、神聖かつ清浄でなければなりません。それゆえ厳格な作法や取り決めがありました。また軍監と呼ばれる判定役が、様々な角度から正当な手段で獲った首かどうかを吟味していたはずです。中には疑わしい首もあったと思います。軍監としては不正を摘発せねばなりませんので、そこに申請者との攻防が生まれ、様々な人間模様が生まれてくるわけです。

――雑兵首と名のある武士の首の価値が違っていましたが、討ち取った敵の階級で恩賞も変わったのでしょうか。

伊東　大将首だから恩賞はどれくらいとは決まっておらず、大将の気分で恩賞を出すという認識ですが、間違いないでしょうか。

乃至　そうです。大名、時代、地域ごとに恩賞も違い、情報を持ってきた家臣に恩賞を出す大名もいましたが、首は武勲の決定的な証拠なので、首を獲ると恩賞を出すという風潮になっていったようです。関ヶ原の合戦の頃に、身分の分からない敵の首を白く塗ってお歯黒をつけ高貴な人物のようにしたというエピソードが残っていますから、やはり敵の身分は重要だったと思います。

伊東　江戸時代前期に石田三成《いしだみつなり》の家臣の娘が書いたという「おあむ物語」ですね。あれは生々しいですよね。武家の女性たちが、敵の首に化粧をするのですから凄い世界です。

――獲った敵の首をさらすなどの行為は、行われていなかったのでしょうか。

乃至　この時代は死者に対するリスペクトが強く、獲った首は丁重に扱っていました。敵は罪人ではないので、基本的にさらし首にすることはありません。ただ例外もあって、敵を脅かす、または挑発するために槍に刺して並べることもありました。この戦法を好んだのが武田信玄《たけだしんげん》で、敵城の前に無数の首を並べて城兵の士気を喪失させることをやっています。それで、敵を恐れさせていたと伝わっています。

伊東　代表的なものに、上田原《うえだはら》の戦いで上杉憲政《うえすぎのりまさ》を破った信玄が、籠城中の志賀城《しがじょう》の敵を絶望させるために、城の前に上杉憲政勢の名だたる将の首を並べたという例がありますね。また軍記物の記載ですが、北条早雲《ほうじょうそううん》も下田《しもだ》の深根城《ふかねじょう》攻略の際に、塀の上に首を並べ、近隣の国人衆に城が落城したことを伝え、無駄な抵抗をしないように警告しています。死者へのリスペクトを持つ一方で、人格者の早雲までそういうことをやっているので、当時の武士たちは首を有効利用することに、さほど抵抗がなかったのかもしれません。

――「要らぬ首」の主人公・植草新三郎《うえくさしんざぶろう》は摩利支天《まりしてん》を強く信仰していて、首三つまではいいが、四つ獲ると「よくないことが起こる」というお告げを信じます。こういう信心深さは、当時の武士たちは持っていたのでしょうか。

乃至　現代人より信仰心が強かったのは、間違いないです。命がけで戦うわけですから、すがれるものには何でもすがりたい。神仏に祈って一度でも巧くいけば、多くの人はその後も験担《げんかつ》ぎを続けたでしょうね。

伊東　直江兼続《なおえかねつぐ》は「愛」の文字が象嵌《ぞうがん》された兜《かぶと》の前立《まえだて》を使っていましたが、これは愛宕権現《あたごごんげん》、または愛染明王《あいぜんみょうおう》への篤《あつ》い信仰心の表れだと言われています。また、北条氏邦《うじくに》の着用と伝えられる三十二間筋兜《さんじゅうにけんすじかぶと》の縦筋の間に、金銀の象嵌で三十もの神仏の名が刻まれているのを見たことがあります。当時の武士たちも命知らずではなく、われわれ現代人と同じように死を怖れ、戦場に赴く際は、神仏にすがりたい気持ちを持っていたことをひしひしと感じました。

乃至　命を奪った後の身の振り方も重要で、これで良いのかと迷い出家した人も多いんです。

伊東　北条氏と里見《さとみ》氏の戦いで、北条方の松田康吉《まつだやすよし》という剛勇の武士が初陣《ういじん》の少年武将・里見広次《ひろつぐ》を殺してしまい、その場で出家を決意した話もあります。武士の中には感受性の強い人もいて、そういう人たちにとっては、敵の命を奪うことは自分の命を削ることと同じだったのではないでしょうか。

――「もらい首」では、衆道《しゅどう》（男色《なんしょく》）の関係にあった二人が描かれます。戦国時代は男性同士の同性愛が現代よりもオープンであり、衆道は武士の嗜《たしな》みであったと言われています。実際はどうだったのでしょうか。

乃至　『戦国武将と男色』を書いた時に調べたのですが、当時の衆道は成人男性が少年を愛するのが基本で、主君と家臣の組み合わせも多かったようです。ですが少年同士の恋愛も史料に認められ、これらは通常の衆道以上に、純愛要素が強かったようです。「もらい首」の二人は、こちらですよね。恋愛関係になった二人が、成人した後も同性愛を続けたという史料は戦国時代には見当たりませんが、江戸時代にはあります。

伊東　信長《のぶなが》には子どもがたくさんいましたが、若き日の前田利家《まえだとしいえ》と衆道の関係だったとされたり、晩年は森蘭丸《もりらんまる》を寵愛《ちょうあい》したとされたりしていますが、実際はどうだったんでしょうか。

乃至　まず前田利家との関係は、史料の読み間違いで、事実ではなかったようです。森蘭丸も江戸時代の逸話ばかりで、真偽は怪しいです。他の大名たちの史料も、江戸時代に作られた話が多く、ほとんど肯定《こうてい》できません。戦国時代で、衆道の関係を持っていた間違いない記録が残っているのは、伊達政宗《だてまさむね》です。政宗が家臣に「おまえ以外の男に興味がない。おまえとの誓いを守るため身体を傷付けたいが、いい年なのでそれは恥ずかしい」といった内容の手紙を送っています。

伊東　武田信玄と春日虎綱《かすがとらつな》の書状がありますが、あれは本物ですか。

乃至　あれも衆道ではなく庚申待《こうしんまち》という行事のことを書いていたようです。大名が家臣を愛するのがおおっぴらだったのか、隠していたのかも微妙に分からなくて、大名と家臣でも隠されていたのですから、家臣同士の関係はもっと隠されていたと思います。お前との関係が一番だと、わざわざ手紙に書いたのは、政宗ぐらい豪胆な人だけでしょう。

伊東　そうですよね。例えば主君がAとBの恋愛関係を知らなくて、Aと関係を持つともつれるかもしれないので、Bとの関係は隠す必要があります。多くの記録を調べると、たとえ主君でも、この世界だけはやりたい放題じゃなかったと分かってきます。史料に残っていないだけで、男どうしの痴情《ちじょう》のもつれで斬られた人もいたんじゃないかと思います。

乃至　衆道関係の史料が少ない中、伊東さんはどのようにして「もらい首」の物語を発想したのか気になります。

伊東　おそらく小姓《こしょう》や近習《きんじゅ》など閉鎖空間で生きる人々の間では、衆道が流行《はや》っていたのではないかと思います。しかしそれを野放しにしてしまうと、合戦の時に様々な不都合が生じます。主君を守らねばならない時に、恋人を助けに行ってしまうといったケースですね。それゆえ家臣同士の恋愛を禁じるという暗黙の了解があったはずだと考えました。この作品は人間関係の妙を描きたかったので、衆道もその一つとして取り上げました。

乃至　なるほど、そこは気がつきませんでした。

――この時代の男女の恋愛はどのような形だったのでしょうか。

乃至　当時は政略結婚が基本でしたね。武士の間では純粋な恋愛結婚はまずありませんが、側室には政治とは別の感情があったかもしれず、また衆道も純粋に恋愛や性愛で繫がることができたので、通常の恋愛以上に熱烈なものがあったようです。

伊東　確かに恋愛に制約があるからこそ、いざ相手を恋してしまうと熱烈なものにならざるを得なかったのでしょうね。鎌倉時代でも、甲斐源氏《かいげんじ》の安田義定《やすだよしさだ》嫡男の安田義資《よしすけ》が源《みなもとの》頼朝《よりとも》の侍女に艶書《えんしょ》（ラブレター）を送っただけで処刑されていますから、「忍ぶ恋」は江戸時代末期まで続く武家の伝統です。また親子の間にも様々な人間ドラマが生まれていたと思います。鎌倉時代以来、「子が功名を上げる機会を、親が邪魔してはならない」という不文律があったくらいですから、現代のように「危ないことをするな」なんて子に言う親はいなかったはずです。しかも武家の世界は親子であってもライバルであり、過酷な競争が繰り広げられていました。そうした親子関係を題材にしたのが「拾い首」です。

乃至　謀反《むほん》を企てた親を、子が主君に密告すれば忠義だったのが戦国時代ですものね。「拾い首」のような話も、戦国時代の一面をよく象徴する物語だと感じ入りました。

伊東　忠孝が重視された江戸時代には、主君への忠義と親への孝行をテーマとして描いた軍記物がたくさん書かれましたが、戦国時代の実情は違います。現代人がイメージする戦国時代は多分に江戸時代のバイアスがかかっているので、忠孝という概念についても多様だったと思います。忠に関しては主君への謀反など日常《にちじょう》茶飯事《さはんじ》ですし、孝についても家康《いえやす》や信玄は子と対立して殺していますし、斎藤道三《さいとうどうさん》は子に殺されています。おそらくあらゆる面で、戦国の武士たちは江戸時代とは異なる価値観の中で生きていたはずです。読者の皆さんには、この作品で死と隣り合わせだからこそ生まれる戦国のリアルを知ってほしいですね。

ないし・まさひこ
歴史家。一九七四年生まれ。高松市出身。神奈川県在住。著書に『謙信越山』『信長を操り、見限った男　光秀』『戦国の陣形』などがある。書籍監修や講演、テレビ出演で活躍。

『戦国無常　首獲り』　二〇一一年六月刊　講談社文庫

中公文庫

戦国《せんごく》無《む》常《じょう》　首獲《くびと》り

2022年1月25日　初版発行

著　者　伊《い》東《とう》　潤《じゅん》

発行者　松田陽三

発行所　中央公論新社
〒100-8152　東京都千代田区大手町1-7-1
電話　販売 03-5299-1730　編集 03-5299-1890
URL http://www.chuko.co.jp/

ＤＴＰ　平面惑星
印　刷　三晃印刷
製　本　小泉製本

©2022 Jun ITO

Published by CHUOKORON-SHINSHA, INC.
Printed in Japan　ISBN978-4-12-207164-3 C1193

定価はカバーに表示してあります。落丁本・乱丁本はお手数ですが小社販売部宛お送り下さい。送料小社負担にてお取り替えいたします。

●本書の無断複製（コピー）は著作権法上での例外を除き禁じられています。また、代行業者等に依頼してスキャンやデジタル化を行うことは、たとえ個人や家庭内の利用を目的とする場合でも著作権法違反です。

中公文庫既刊より

各書目の下段の数字はISBNコードです。978－4－12が省略してあります。

い-132-1
走　狗　伊東　潤
西郷隆盛と大久保利通に見いだされ、幕末の表舞台に躍り出た川路利良。警察組織を作り上げ、大警視まで上り詰めた男が見た維新の光と闇。〈解説〉榎木孝明
206830-8

い-132-2
叛　鬼　伊東　潤
早雲、道三よりも早く下剋上を成し、戦国時代の扉を開いた男・長尾景春。悪名に塗れながらも、叛逆を続けた武士の正義とは？〈巻末対談〉本郷和人×伊東潤
207108-7

い-132-3
戦国鬼譚　惨　伊東　潤
いま裏切れば、助かるのか？　武田家滅亡期。すべてを失うかもしれない状況を前にした人間の本性を描く、五篇の衝撃作。〈巻末対談〉逢坂　剛×伊東　潤
207136-0

う-28-8
新装版　御免状始末　闕所物奉行 裏帳合㈠　上田　秀人
遊郭打ち壊し事件を発端に水戸藩の思惑と幕府の陰謀が渦巻く中を、著者史上最もダークな主人公・榊扇太郎が剣を振るい、謎を解く！　待望の新装版。
206438-6

う-28-9
新装版　蛮社始末　闕所物奉行 裏帳合㈡　上田　秀人
榊扇太郎は闕所となった蘭方医、高野長英の屋敷から、倒幕計画を示す書付を発見する。鳥居耀蔵の陰謀と幕府の思惑の狭間で真相究明に乗り出すが……。
206461-4

う-28-10
新装版　赤猫始末　闕所物奉行 裏帳合㈢　上田　秀人
武家屋敷連続焼失事件を検分した扇太郎は改易された出火元の隠し財産に驚愕。闕所の処分に大目付が介入、大御所死後を見据えた権力争いに巻き込まれる。
206486-7

う-28-11
新装版　旗本始末　闕所物奉行 裏帳合㈣　上田　秀人
失踪した旗本の行方を追う扇太郎は借金の形に娘を売る旗本が増えていることを知る。人身売買禁止を逆手にとり吉原乗っ取りを企む勢力との戦いが始まる。
206491-1

う-28-12
新装版 娘始末 闕所物奉行 裏帳合㈤
上田秀人
借金の形に売られた旗本の娘が自害。扇太郎の預かりの身となった元遊女の朱鷺にも魔の手がのびる。江戸闇社会の掌握を狙う一太郎との対決も山場に！
206509-3

う-28-13
新装版 奉行始末 闕所物奉行 裏帳合㈥
上田秀人
岡場所から一斉に火の手があがった。政権返り咲きを図る家斉派と江戸の闇の支配を企む一太郎が勝負に出たのだ。血みどろの最終決戦のゆくえは⁉
206561-1

う-28-14
維新始末
上田秀人
あの大人気シリーズが帰ってきた！ 天保の改革から二十年、闕所物奉行を辞した扇太郎が見た幕末の闇。過去最大の激闘、その勝敗の行方は⁉
206608-3

う-28-15
翻弄 盛親と秀忠
上田秀人
偉大な父を持つ長宗我部盛親と徳川秀忠は、立場は違えどいずれも関ヶ原で屈辱を味わう。それから十余年、運命が二人を戦場に連れ戻す。〈解説〉本郷和人
206985-5

う-28-7
孤闘 立花宗茂
上田秀人
武勇に誉れ高く乱世に義を貫いた最後の戦国武将の風雲録。島津を撃退、秀吉下での朝鮮従軍、さらに家康との対決！ 中山義秀文学賞受賞作。〈解説〉縄田一男
205718-0

お-87-1
アリゾナ無宿
逢坂剛
時は一八七五年。合衆国アリゾナ。身寄りのない一六歳の少女は、凄腕の賞金稼ぎ、謎のサムライと賞金稼ぎのチームを組むことに⁉ 〈解説〉堂場瞬一
206329-7

お-87-2
逆襲の地平線
逢坂剛
〝賞金稼ぎ〟の三人組に舞い込んだ依頼。それは十年前にコマンチ族にさらわれた娘を奪還してほしいというものだった……。〈解説〉川本三郎
206330-3

お-87-3
果てしなき追跡（上）
逢坂剛
土方歳三は箱館で銃弾に斃れた——はずだった。一命を取り留めた土方は密航船で米国へ。友を、そして記憶を失ったサムライは果たしてどこへ向かうのか？
206779-0

各書目の下段の数字はISBNコードです。978－4－12が省略してあります。

お-87-4
果てしなき追跡（下）
逢坂 剛
西部の大地で離別した土方とゆら。人の命が銃弾一発より軽いこの地で、二人は生きて巡り会うことができるのか？　巻末に逢坂剛×月村了衛対談を掲載。
206780-6

き-17-8
絶海にあらず（上）
北方謙三
京都・勧学院別曹の主、純友。赴任した伊予の地で、「藤原一族のはぐれ者」は己の生きる場所を海と定め、律令の世に牙を剝いた！　渾身の歴史長篇。
205034-1

き-17-9
絶海にあらず（下）
北方謙三
海の上では、俺は負けん――承平・天慶の乱で将門とともにその名を知られる瀬戸内の「海賊」純友。夢を追い、心のままに生きた男の生涯を、大海原を舞台に描く！
205035-8

き-17-10
魂の沃野（上）
北方謙三
加賀の地に燃え拡がる一向一揆の炎。蓮如や守護・富樫政親との奇縁から、闘いに身を投じることになった地侍・小十郎の青春を描く血潮たぎる歴史巨篇開幕！
206781-3

き-17-11
魂の沃野（下）
北方謙三
蓮如の吉崎退去、小十郎の恋、そして守護・政親の強権。加賀の雪が、血に染まる時が近づいていた。一向一揆を生きた男たちそれぞれの明日。〈解説〉清水克行
206782-0

き-17-12
悪党の裔《すえ》（上）　新装版
北方謙三
目指すは京。悪党の誇りを胸に、倒幕を掲げた播磨の義軍は攻め上る！　寡兵を率いて敗北を知らず、建武騒乱の行方を決した赤松円心則村の鮮烈な生涯。
207124-7

き-17-13
悪党の裔（下）　新装版
北方謙三
おのが手で天下を決したい――新政に倦み播磨に帰った円心に再び時が来た。尊氏を追う新田軍を食い止めるのだ！　渾身の北方「太平記」。〈解説〉亀田俊和
207125-4

さ-45-11
武揚伝　決定版（上）
佐々木譲
海軍伝習所を経てオランダへ留学した釜次郎は、観戦武官としてデンマークとプロシアの近代戦争に臨場し、己が国と欧米列強とのあまりの格差に驚愕する！
206488-1

さ-45-12
武揚伝 決定版（中）
佐々木譲
最新鋭艦「開陽丸」を操り帰国した武揚らは幕府海軍創設に参加。だが世界情勢に背を向け内紛を続ける日の本では遂に幕府が崩壊。苦悩する幕臣榎本だが……。
206489-8

さ-45-13
武揚伝 決定版（下）
佐々木譲
榎本総裁のもと箱館に共和国樹立！　だが、海峡を突破し上陸した新政府軍の圧倒的な攻勢に、土方は倒れ、武揚は……。著者畢生の歴史巨篇、ついに文庫化！
206490-4

と-26-26
早雲の軍配者（上）
富樫倫太郎
北条早雲に見出された風間小太郎。軍配者となるべく送り込まれた足利学校では、互いを認め合う友に出会い――。新時代の戦国青春エンターテインメント！
205874-3

と-26-27
早雲の軍配者（下）
富樫倫太郎
互いを認め合う小太郎と勘助、冬之助は、いつか敵味方にわかれて戦おうと誓い合う。扇谷上杉軍へ攻め込む北条軍に同行する小太郎が、戦場で出会うのは――。
205875-0

と-26-28
信玄の軍配者（上）
富樫倫太郎
駿河国で囚われの身となったまま齢四十を超えた山本勘助。焦燥ばかりを募らせていた折、武田信虎による実子暗殺計画に荷担させられることとなり――。
205902-3

と-26-29
信玄の軍配者（下）
富樫倫太郎
武田晴信に仕え始めた山本勘助は、武田軍を常勝軍団へと導いていく。戦場で相見えようと誓い合った友たちとの再会を経て、「あの男」がいよいよ歴史の表舞台へ！
205903-0

と-26-30
謙信の軍配者（上）
富樫倫太郎
越後の竜・長尾景虎のもとで軍配者となった曾我（宇佐美）冬之助。自らを毘沙門天の化身と称する景虎の前で、いま軍配者としての素質が問われる！
205954-2

と-26-31
謙信の軍配者（下）
富樫倫太郎
冬之助は景虎のもと、好敵手・山本勘助率いる武田軍を前に自らの軍配を振るい、見事打ち破ることができるのか⁉　「軍配者」シリーズ、ここに完結！
205955-9

各書目の下段の数字はISBNコードです。978－4－12が省略してあります。

と-26-38
白頭の人　大谷刑部吉継の生涯
富樫倫太郎
近江の浪人の倅はいかにして「秀吉に最も信頼される男」になったのか――謎の病で容貌が変じ、周囲に疎まれても義を貫き、天下分け目の闘いに果てるまで。
206627-4

と-26-40
北条早雲1　青雲飛翔篇
富樫倫太郎
一代にして伊豆・相模を領する大名にのし上がる風雲児の、知られざる物語が幕を開ける！　備中での幼少期から、幕府の役人となり駿河での密命を果すまで。
206838-4

と-26-41
北条早雲2　悪人覚醒篇
富樫倫太郎
再び紛糾する今川家の家督問題を解決するため、後の「北条早雲」こと伊勢新九郎は、駿河への下向を決意する。型破りな戦国大名の原点がここに！
206854-4

と-26-42
北条早雲3　相模侵攻篇
富樫倫太郎
この世の地獄を減らすため、相模と武蔵も自分が支配するべきではないか――僧になった〝悪党〟が、途方もない夢に向かい、小田原城奪取に動く緊迫の展開！
206873-5

と-26-43
北条早雲4　明鏡止水篇
富樫倫太郎
宿敵・足利茶々丸との血みどろの最終戦と悲願の伊豆統一、再びの小田原城攻め……己の理想のため鬼と化した男にもはや安息はない。屍が導く関東への道！
206882-7

と-26-44
北条早雲5　疾風怒濤篇
富樫倫太郎
相模統一に足踏みする伊勢宗瑞が、苦悩の末に選んだ最終手段。三浦氏との凄惨な決戦は、極悪人にして名君の悲願を叶えるか。人気シリーズ、ついに完結！
206900-8

な-65-1
うつけの采配（上）
中路啓太
関ヶ原の合戦前夜――。誰もが己の利を求める中、ただ一人、毛利百二十万石の存続のため奔走した男・吉川広家の苦悩と葛藤を描いた傑作歴史小説！
206019-7

な-65-2
うつけの采配（下）
中路啓太
小早川隆景の遺言とは正反対に、安国寺恵瓊の主導により天下取りを狙い始めた毛利本家。はたして吉川広家は家を守り抜くことができるのか？〈解説〉本郷和人
206020-3

な-65-3
獅子は死せず（上）
中路　啓太
加藤清正ら名だたる武将にその武勇を賞賛された武将・毛利勝永。関ヶ原の合戦で西軍についたため、領地没収をされた男が、大坂の陣で最後の戦いに賭ける！
206192-7

な-65-4
獅子は死せず（下）
中路　啓太
誰より理知的で、かつ自らも抑えきれない生命力を有し、家族や家臣への深い愛情を宿した戦国最後の猛将の生涯。『うつけの采配』の著者によるもう一つの傑作。
206193-4

な-65-5
三日月の花　渡り奉公人　渡辺勘兵衛
中路　啓太
時は関ヶ原の合戦直後。『もののふ莫迦』で「本屋が選ぶ時代小説大賞２０１５」に輝いた著者が描く、反骨の武将・渡辺勘兵衛の誇り高き生涯！
206299-3

な-65-6
もののふ莫迦
中路　啓太
豊臣に故郷・肥後を踏みにじられた軍人・岡本越後守と、豊臣に忠節を尽くす猛将・加藤清正が、朝鮮の戦場で激突する！「本屋が選ぶ時代小説大賞」受賞作。
206412-6

な-65-7
裏切り涼山
中路　啓太
羽柴秀吉が包囲する播磨の三木城。その壮絶な籠城戦を舞台に、かつて主家を裏切って滅亡させた男・涼山が、唯一の肉親を助けるために、再び立ち上がる！
206855-1

み-36-7
草原の風（上）
宮城谷昌光
三国時代よりさかのぼること二百年。劉邦の子孫にして、勇武の将軍、古代中国の精華・後漢王朝を打ち立てた光武帝・劉秀の若き日々を鮮やかに描く。
205839-2

み-36-8
草原の風（中）
宮城谷昌光
三国時代に比肩する群雄割拠の時代、天下に乱立する英傑と鮮やかな戦いを重ね、天下統一へ地歩を固める劉秀。天性の将軍・光武帝の躍動の日々を描く！
205852-1

み-36-9
草原の風（下）
宮城谷昌光
いよいよ天子として立つ劉秀。その磁力に引き寄せられるように、多くの武将、知将が集結する。光武帝の後漢建国の物語、堂々完結！〈解説〉湯川　豊
205860-6

各書目の下段の数字はISBNコードです。978－4－12が省略してあります。

み-36-11 呉漢（上） 宮城谷昌光
貧家に生まれた呉漢は、運命の変転により、天下統一を目指す劉秀の将となるが……。後漢を建国し、中国統一を果たした光武帝が最も信頼した武将を描く。
206805-6

み-36-12 呉漢（下） 宮城谷昌光
王莽の圧政に叛旗を翻す武将たちとの戦いの中で、光武帝・劉秀の信頼を得た呉漢。天下の平定と光武帝のためにすべてを捧げた生涯を描く。〈解説〉湯川　豊
206806-3

み-36-13 新装版 奇貨居《お》くべし（一） 春風篇 宮城谷昌光
秦の始皇帝の父ともいわれる呂不韋。一商人から宰相にまでのぼりつめた波瀾の生涯を描く。十五歳の少年・不韋は、父の命により旅に出ることになるが……。
206981-7

み-36-14 新装版 奇貨居くべし（二） 火雲篇 宮城谷昌光
藺相如と共に、趙の宝玉「和氏の璧」を大国・秦の手から守り抜いた呂不韋。乱世に翻弄されながらも、荀子、孟嘗君らの薫陶を受け成長する姿を描く。
206993-0

み-36-15 新装版 奇貨居くべし（三） 黄河篇 宮城谷昌光
斉と魏の謀略により薛は滅びた。孟嘗君らが作り上げた理想郷・慈光苑に暮らす人々を救い出した呂不韋は、商人として立つことを考え始めるが……。
207008-0

み-36-16 新装版 奇貨居くべし（四） 飛翔篇 宮城谷昌光
あれは奇貨かもしれない――。秦王の信を得た范雎の台頭から生じた政変に乗じ、呂不韋は、趙で人質生活を送る安国君の公子・異人を擁立しようとするが。
207023-3

み-36-17 新装版 奇貨居くべし（五） 天命篇 宮城谷昌光
民意が反映される理想の王朝の確立を目指して呂不韋は奔走するが、即位したばかりの子楚・荘襄王の思わぬ訃報がもたらされ……。完結篇。〈解説〉平尾隆弘
207036-3

や-58-1 役小角絵巻 神変 山本兼一
七世紀後半、中央集権の国造りを着々と進める女帝・持統。役小角は山の民を率い、強大な支配者に戦いを挑む！　著者唯一の古代長篇。〈解説〉安部龍太郎
205959-7